Günther Müller

- *Als Bevensen noch Luftkurort war* -

Meine Erlebnisse der 50-ziger Jahre in Bevensen und Umgebung.

Herstellung und Verlag:
Books on Demand GmbH, Norderstedt
Alle Rechte liegen beim Hersteller:
Günther Müller, 29571 R o s c h e

I S B N: 3-8334-1885-0

Inhaltsverzeichnis

Geschichten 92 bis 95 aus fremder Feder, zur Auflockerung.

G. M.

Als B e v e n s e n   noch Luftkurort war.

Was war das doch für eine gemütliche Zeit im Bevensen der
50-ziger Jahre.
Es gab viele gute Handwerksbetriebe mit meist uhrigen
Meistern und guten Gesellen.
Auch von einigen Orginalen unserer Kundschaft aus dieser Zeit
möchte ich berichten. Es soll ein Rundgang durch das
Städtchen werden. Denke doch, daß viele Leser diesen Weg
nachvollziehen können.
Beginnen möchte ich am Rathaus wo ja auch jedes Jahr das
Schützenfest seinen Anfang nimmt. Ziehen wir mal die
Bergstraße runter Richtung Ilmenau. Linker Hand die Bäckerei
Jarchow. Hier mußte ich , als Ofensetzergeselle ,zweimal den
Backofen erneuern. Die Backofenplatten wurden komplett
ausgewechselt, was eine sehr schweißtreibende Arbeit war.
Samstags wurde noch gebacken und Sontags früh mußte ich in
den Ofen kriechen. Platzangst durfte man da nicht haben.
Nachbar von Bäcker Jarchow war die Schuhmacherei
Bartheidel. Herr Bartheidel Senior war nebenberuflich auch
Fleischbeschauer. Ein gängiger Spruch von Ihm in der
damaligen knappen Zeit war: „ Man kann nicht essen was man
will, man muß essen was man hat".
Hinter Bartheidel dann die, seinerzeit schon große , Baufirma
Ludwig Engelhardt. Meister Engelhardt war eine sehr
impossante Persöhnlichkeit. Gegenüber Baugeschäft
Engelhardt gab`s den „Heidekrug". Dahinter dann die
Schlachterei Stehr, ein sehr sauberer Betrieb. Neben dem Chef
hatte dort der Altgeselle Bernhard das Sagen. Bei Schlachter
Stehr und auch Henke wurde für uns Handwerker, nach getaner
Arbeit, immer gut aufgetischt. Meister Henke, aus der
Kirchstraße , pflegte da meist zu sagen: „Leute schont das Brot,
das muß ich kaufen, eßt ordentlich Wurst".
Meister Stehr haben mein Chef Rudolf Müller , von der
Kundschaft auch liebevoll „Lehm Rudi" genannt, und ich
einmal etwas verärgert. Zum Frühstück gab`s zu Wurst und

Brot auch eine Schüssel mit frischen Tomaten. Im Nu hatten wir beide die Tomaten aufgegessen. Darauf Meister Stehr etwas zynisch zu seiner Frau: „ Mutter bring den Pütgern (Ofensetzern) noch Tomaten, uns Wurst mögt se woll nich! Na ja, Er hat auch weiter dafür gesorgt, daß nach getaner Arbeit Würstchen in meiner „Lehmmolle" lagen. Profitiert davon hat dann auch mein Freund Henry Koopmann der Frisörlehrling bei Firma Bünde , in der Kirchstraße war. Dort arbeiteten damals noch die Gesellen Henke und Gimpel, die spähter ihre eigenen Geschäfte in der Lüneburger - bezw. Medinger Straße hatten.

In der Kirchstraße war das Fahradgeschäft Krug Nachbar von Frisör Bünde. Habe dort , noch als Lehrling , mein erstes Fahrad für 128,- DM gekauft. Ein sehr schönes Rad mit roter Bereifung und gelben Felgen. Nachbar von Krug wiederum war die schon genannte Schlachterei Henke, auch eine Firma mit sehr tüchtigen Gesellen.

Neben Henke dann das Kaufhaus Bartling, seiner zeit wohl das größte Bekleidungsgeschäft der Stadt.

Herr Bartling war auch ein guter Handballspieler, zusammen mit den Herren Baumgarten, „ Eisen" Schulz, „ Gemüse „ Fee und einem Polizisten, der Linkshänder und gefährlicher Torschütze war. Damals waren diese Herren, zusammen mit Anderen, eine gute Handballmanschaft. Hier darf Architekt Hermann Frankl nicht vergessen werden, auch ein sehr guter Handballspieler. Der spähtere Inhaber der Baufirme seines Schwiegervaters Engelhardt war lange Jahre Kammerpräsidendt der Handwerkskammer Lüneburg - Stade. Durch seine Fachkompetenz und die sachliche ruhige Art sehr beliebt , ein sehr guter Vertreter des hiesigen Handwerks.

Wenn wir schon beim Sport sind. Der TSV war da schon sehr aktiv. Den Verein prägten mit so gute Turner wie die Gebrüder Kyas aus Medingen , oder Maler Bockelmann .

Sehr gut seinerzeit auch die erste Fußballmanschaft vom BSV „ Union". Nenne hier einmal die Namen der damaligen Mannschaft, die sicher noch vielen geläufig sind : Im Tor Petereit (spähter Armin Starck); Hermann Prüßer ;Hein Lagies (ein sehr starcker Mann), Hans Ziegler ;Georg Kummer (danach Hermann Pohl); Fritz Piwoda (nach Ihm Gerd Oetzmann): Harry Greschkowiak ; Richard Hingst; Hermann Schulz (der spähtere langjährige Gemeindedirektor); Walter Hohdorf und Hans Gröschler. Zu nennen wären da noch die spähteren Spieler Fritz Neumann, Kalletta, Brunköver und Thiele die überwiegend aus der Himberger Ecke kamen. Die Manschaft spielte in der Heideliga was bestimmt der heutigen Bezirksliga entsprach. Ja, ja es war einmal. Heute gehts leider ab in die Kreisliga!!Schon ein kleines Armutszeugnis für eine solch große Stadt ? Wie wär`s mit etwas mehr Unterstützung ? Nun aber weiter in meinem Erinnerungsbericht. Auf der linken Seite der Kirchstraße ist noch daß Polsterer geschäft Tepper und dann auf der Ecke das Eisenwarengeschäft Stegen zu nennen

Gehen wir zurück auf die rechte Seite der Kirchstraße so liegt vorne an die Opelwerkstatt Fröhlich. Herr Fröhlich war auch Fahrlehrer. Nun kam das „Heidekino" ein Treffpunkt für uns Jugendliche. Da viel Landkundschaft ins Kino kam gabs natürlich auch eine Fahrraannahme und hierfür war Walter Maßt zuständig ein uhriger „Ostpreuße"Profitiert vom Kino hat natürlich auch die Gastwirtschft „Saagel". Dies war meine Stammkneipe in der es immer sehr familiär zuging. Es gab da Mutti Saagel, Onkel Otto und Tante Anna Ehlers. Na und nicht zu vergessen die netten Mädels des Bedienungspersonals! Hinter Saagels Gasthaus gab es die kleine Buchdruckerei Bösch. Und dann das Eckgrundstück von Fa. Wtw. Präsent die große Landhandelsfirma.

Wir kommen in die Bergstraße. Vorne an die Gastwirtschaft Deumann. Herr Deumann war wohl Hauptberuf Viehhändler. Unterhald der Gastwirtschaft war eins von drei „Meier"-Schuhgeschäften. Von seinem erhöhten Arbeitsplatz schaute Meister Meier immer intressiert auf die Brückenstraße. Er hatte so auch die Firmen Seilerei Ehlers und den Eisenladen Cohrs gut im Blick.

Die beiden weiteren Landhandels firmen Schnelle und Sperling hatten die Eckgrundstücke Brückenstraße und An der Aue im Besitz. Hier unten hatten die Malerbetriebe Adolf Paeck und

Hans Ziegler ihre Geschäfte. Den einzigen Böttgerbetrieb gabs in der Straße „An der Aue" zur Ilmenau hin.
Dahinter die Brauereiniederlassung Damman für das sehr gute „St. Pauli „ Bier. Da wurde noch mit einem Pferdegespann , einem Schimmel und einem Rappen, Bier ausgefahren. Es wurde nachgesagt daß die Pferde die Strecke so gut kannten, daß sie auch bei betrunkenem bezw. schlafenden Bierkutscher den Weg nach Hause fanden. Schwierig war dann nur daß sie unterwegs vor jeder Kneipe automatisch anhielten.
Ein Grundstück weiter dann Dachdeckermeister Bade. Hierzu gibts folgende Geschichte zu berichten, die mein Chef Meister Müller so erzählte: „Es war am Heiligen Abend, die Familie Bade am festlich gedeckten Tisch versammelt. Plötzlich ein gewaltiger Knall, die obere Hälfte des Kachelofens fliegt in die Stube. Ein Simmsstück landet am Ohrensessel von Opa Bade, Kacheln und Schamottsteine liegen auf dem Tisch verteilt. Ruß im ganzen Raum. Was war geschehen? Oma Bade hatte die volle und zugeschraubte Kupferwärmflasche in der heißen Ofenröhre vergessen! Man kann sich vorstellen , daß die wie eine Bombe explodiert ist. Glücklicherweise kam von der versammelten Familie niemand zu Schaden. - Meine erste Arbeit im neuen Jahr war es diesen Ofen wieder aufzusetzen. - Neben Dachdeckermeister Bade finden wir das Radio - und Fernsehgeschäft Ramisch mit dem Gesellen Purwin.
Auch bei den beiden großen Bauern Strampe und Besenthal haben wir oft gearbeitet. Hier nun wieder eine kleine Geschichte, bei der ich allerdings noch im Nachhinein ein schlechtes Gewissen habe. :- Oma Strampe, eine sehr nette und freundliche Frau, hat sich zu gerne mit uns Handwerkern unterhalten. Etwas Neugierde war wohl auch im Spiel. Sie stand dann neben unserem Lehmkübel und erzählte und erzählte..Ich merkte schon wie mein Chef unruhig wurde und als Er mich verschmitzt ansah wußte ich daß in Kürze etwas passiert. Beim teilen des nächsten Schamottestein läßt Er einen Teil auf den Fuß von Oma Strampe fallen. Natürlich entschuldigt Er sich sofort scheinheilig und spricht Ihr sein bedauern aus. Fortan sind wir dann aber alleine und können in Ruhe weiterarbeiten.

Aber nun weiter im Text, werde mich etwas kürzer fassen, es gibt doch noch sehr viel zu berichten.

Über die Ilmenaubrücke geht`s zum Schützenhaus. Mann konnte damals auch quer über eine schöne Wiese gehen. Dort gab`s zwei Teiche wo dann im Winter die Brauerein daß Eis für ihre Kühlhäuser schlugen , im Sommer wurden Karpfen gefischt.

Das alte Schützenhaus, ein Holzbau, war Mittelpunkt bei Tanz und Kirmes. Fast immer würde bis in der früh in den Mai getanzt. Wo Heute das „DIANA"steht lag ein gemütlicher kleiner Teich , daneben ein Tennisplatz.

Bis zum Birkenweg streckte sich der Sportplatz hin, ein Ort vieler, meist guter Spiele. Erinnere noch, daß zur Eröffnung eines Sportfestes sogar der berühmte Boxer Max Schmeling den Ball frei gab.

Bevor ich nun die Dahlenburger Straße weiter hoch gehe, soll`s einen Abstecher zum „Hamburger Krankenhaus" geben. Waren dort sehr viele Menschen aus Bevensen und Umgebung in Arbeit und Brot. Landesweit bekannt wurde dieses Krankenhaus dann spähter durch das wirken von Dr. Fischer einem sehr annerkanten Chirurg für Hüftgelenkoperationen. Es gab zu dieser Zeit auch ein sehr großes Feuer bei dem die hölzerne Küche komplett abgebrannt ist. Weiß noch, daß auch ich in windeseile alte ausgediente RAD - Kessel wieder gangbar machen mußte.

Was gab`s in dieser Ecke noch zu erwähnen? Vielleicht „Caffe" Bock, wo`s auch viele Kranke zum gemüthlichen Tässchen Caffe hinzog. Oder die Firma „Geflügel - Warnecke" , auch „Most - Warnecke genannt. Daneben dann der Fliesenlegermeister Sander mit dem guten Gesellen Horst Wehnert. Nachfolder ist hier Heute das gute Fachgeschäft Grabowski. Zu nennen ist noch die Schlosserei Ott und dahinter Schlachter Ehlers. Vergessen will ich auch nicht den schönen Bauernhof der Familie

„ von Cöln" , der dahinter zur Ilmenau hin lag.

Oben in der Röbbeler Str. wurde mit dem Bau des Kinderheims „Jerusalem" begonnen. Habe3 dort zwei schöne neuer Kachelöfen aufgesetzt. Etwas unterhalb gab`s dort ein

Tanzkaffe. Vergessen möchte ich nicht die Bäckerei Max Bernhard und das damals kleine Fuhrunternehmen Gerhardt. Auf dem Hans - Höhrmann - Platz wurden auch viele Sportveranstaltungen durchgeführt. An der Römstedter Straße gabs die Strickwarenfabrik Wahler. Herr Wahler war damals schon ein Pferdefreund, so konnte man Ihn oft auf der Wiese im Tal vor Secklendorf Dressur reiten sehen.

Jetzt möchte ich aber in Gedanken vom Sportplatz aus, die Dahlenburger Straße hochziehen.

Ecke Birkenweg wohnte Tierarzt Dr. Krupp, dann kam auch bald die Gastwirtschaft Assmussen.

Im Aufbau befand sich damals die Schnapps- und Likörfabrik „Eggert". Am Ende der Dahlenburger Straße war ein Kinderheim mit sehr schönen Schwestern aber einem scharfen Hausmeister.

Nun gehn wir mal in Richtung Klaubuschbrücke. Erinnern kann ich mich da auch an die Pension „Möll" und hier besonders an einen Wandspruch im Esszimmer der da lautete: „ W e r n i c h t a r b e i t e t , s o l l w e n i g s t e n s g u t e s s e n ."Am Hang zur Klaubuschbrücke erinnere ich sehr gern an das kleine Caffe Gienke.

Aber weiter über die Klaubuschbrücke und den Ulmen weg zur Altstadt. Wir kommen in den „Hagen". Linker Hand hat Zahnarzt Bockelmann seine Praxis. Dahinter Maler Bockelmann, wo Frau Bockelmann, eine Kriegerwitwe , sehr gut für Ihre große Familie sorgt. Nachbar von Bockelmanns war mein langjähriges zu Hause, die Ofenbaufirma Rudolf Müller. Hatte dort wirklich Familienanschluß. Uns gegenüber Dachdeckermeister Eggers der auch sehr viel für die Feuerwehr übrig hatte und spähter sogar Kreisfeuerwehrhauptmann wurde. An der Ecke Im Hagen - Lüneburger Straße- war die Firma Hartwig Schmidt mit so guten Gesellen Riekmann und Helmut Schenk als Elektriker und Hans Möller als Fernsehtechniker, der sich spähter in der Möllerstraße selbstständig machte. Das andere Eckgrundstück war „Hotel Schulz".Für jede Arbeit die ich dort verrichtete gab`s genau 2 DM von der netten älteren Dame.

Nun gehn wir erst einmal vom Laden Schmidt zur Kirche hoch.Caffe Meyer liegt daneben. Auch bei der Erneuerung des dortigen Backofens hatte ich so manchen Tropfen Schweiß vergossen.- Nun kam Tischlermeister Hartje, der auch sehr gute Gesellen, und so auch immer viel Arbeit , hatte.

Gegenüber an der Ecke zur Bahnhosstraße lag der „Reichshof". Links daneben die Firma „Eisen"- Schulz und Landhandel Reimers. Dahinter im „Bäckergang" hatte Glaser- und Malermeister Meier +

sein Geschäft. Hinter Tischler Hartje gabs eine Buchhandlung, dann die Firmen Polsterer Henke, Klempner Dreyer, Frisör Henke und auf der Ecke zur Pastorenstraße dann die Drogerie Feddersen. Hier vorne in der Pastorenstraße hatte Gemüse „Fee" seinen Verkaufsstand.

Am Anfang der Pastorenstraße wohnt Tierarzt Dr. Riggert. Senior Dr, Riggert war ein sehr verdienter Mann für Bevensen und lange Jahre Chef der Schützengilde. Bei manchem Handwerker war Er aber ob seiner Genauigkeit ziemlich gefürchtet. Er forderte von den Meistern stets die, seiner Meinung nach , besten Gesellen an. Es war dann auch schon eine große Anerkennung, wenn Er zu Arbeitsbeginn diesen Gesellen einen Schnaps, wie Er sagte zum aufwärmen, ausgab. Wir gehen die Pastorenstraße runter, vorbei an Zahnarzt Dr. Kruse, der auch ein sehr schönes Reetdachhaus nähe Caffe Bock besaß. Wir kommen zum Pastorenhaus mit der sehr netten Pastorenfamilie Bähr. In der Kurve liegt der etwas kleinere Hof Beneke und am Ende der Straße der kleine Laden „Fisch Lau", Nun möchte ich mich dem „Krummen Arm" zuwenden. Hinter Hotel Schulz das Uhrengeschäft Müller und ein Fotogeschäft. Ein gewisser Handwerksmittelpunkt war schon zu jener Zeit die Firma Schmiedemeister Ernst Lohmann. Firma Lohmann hat auch vielen anderen Handwerksbetrieben zu gearbeitet, denke da besonders an Stellmacher- und Wagnermeister Zahrte. Es war immer sehr spannend zu zusehen, wenn die großen Wagenräder mit glühenden Eisenreifen versehen wurden und dann zischend im Wasserbad abkühlten. In der Schmiede ging es immer hoch her. Die Gesellen Klaucke und Oetzmann waren Spezialisten für die Gummiwagenherstellung. Wilhelm Schulz

aus Jastorf war der „ Mann für alle Fälle"Die Junggesellen
Schreiber und Willi Zegaschefski vorwiegend für Hufbeschlag
zuständig. Natürlich immer unter Oberaufsicht vom Chef und
auch Altmeister Lohmann.Besonders diesen älteren Herrn
konnte man schon in aller Frühe am Amboss schmieden hören.
Hatte oft in der Schmiede zu tun und ging als junger meist
pfeifend durch die Gegend. Da fragte mich Opa Lohmann
einmal grinsend: Du Püttger, wenn din Piep mol Junge hät,
givst me ene aff?
Wir beide haben dann mit der Zeit auch irgendwie
Freundschaft geschlossen. . Habe mich jedenfalls immer sehr
gefreut wenn Er mir immer öfter Ratschläge gegeben hat.
Vielleicht gefiel Ihm auch, das ich mich oft mit seinem kranken
Enkel Ernst , den Er sehr gern hatte, unterhalten habe. Wenn
ich in Schmiede kam begrüßte mich der Junge mit den Worten:
Na Püttger wat wult du schon weder? Habe Ihm dann immer
genau erklärt was ich wollte und dann gab Er sein OK.
Nun weiter im „Krummen Arm".Nachbar von Lohmanns war
die Aphoteke Schroeder die auch sehr bekannt war. Habe auch
dort einen schönen Kachelofen gesetzt und zur Einweihung eine
wertvolle Flasche Schnaps, Marke Eigenbrau erhalten.
Hinter der Apotheke in Lohmanns Klinkervilla hgatten die
englischen Besetzer ihr Quartier. Beim Ofen setzen bei der
Kundin Frau Lampe, direckt hinter diesem Quartier, habe ich
gesungen wie so oft. Mit einem mal schaut der Wachtmeister ins
Fenster und sagt: du Püttger hör auf Nazilieder zu singen, du
willst doch nicht daß die Tommys dich einsperren?? Na ja, in
Gedanken hab ich wohl einige HJ - Lieder angestimmt.
Im Krummen Arm gab`s da noch die Firmen : Tischlerei
Bollow, Tischlerei Reck, Wasser und Zentralheizungsbau
Verthein (Herr Verthein Senior konnte man oft in seinem alten
DKW durch den Kreis fahren sehen, das heißt Er saß immer
sehr tief im Auto sodaß man nur seinen Kopf sehen konnte)
Hinter Verthein kamen die Firmen Schlachter Koch, Glaser
Kahmann, Bäcker Völker ein sehr bekannter Heimatdichter und
Autor von vielen Heimatgeschichten. Gegenüber von Bäcker
Völker lag Hotel „Bevenser Hof, ferner gabs dann noch
Schuhmacher Pätzhold und Milchgeschäft Schulz der mit

seinem Milchwagen zum Beispiel auch den Ort Medingen belieferte. Die beiden Töchter Schulz waren sehr gute Spielerinnen in der damaligen Damenhandballmanschaft. .

In dieser Stadtecke gab`s auch drei Malerfirmen und zwar die damals noch kleineren Firmen Behn und Bünde heute schon ziemlich große Betriebe und die Malergebrüder Krüzfeld. Die große Molkerei soll natürlich auch erwähnt werden. Mann konnte viele Pferdegespanne sehen die die Milch aus dem ländlichen Umfeld anlieferten.
Für uns junge Männer war natürlich auch die Hauswirtschaftsschule Ecke Glockeneichenstraße intressant. Mitunter gab`s aber auch rote Ohren wenn zu viel Mädel`s aus dem Fenster hingen und hinterher riefen.
Den Abschluß im Krummen Arm machte die Gastwirtschaft Kummer, Stammkneipe meines zweiten Chef`s Töpfer- und Ofensetzermeister Max Spindler. Schlecht für Ihn war nur daß die Cheffin von Ihrem Haus aus die Wirtschaft einsehen konnte und oft dort sein Fahrad entdeckte daß Er grundsätztlich an der gleichen Stelle abstellte. Manche Ausrede viel da ins Wasser. Habe damals, als Verheirateter und in Medingen in der Pension Klaucke wohnend, sehr gerne bei Fa. Spindler gearbeitet. Meister Spindler hat besonders auf saubere und exakte Arbeit wert gelegt was mich für meine spähtere Selbstständigkeit doch sehr geprägt hat.
Bevor ich mich über die Medinger Straße wieder der Innenstadt zu wende schauen wir jenseits der Bahnlinie. An erster Stelle ist hier natürlich die Maschinenfabrik Schulz „Standartwerke „ zu nennen die auch vielen Menschen Arbeit gegeben hat. Hier Ecke Uhlenstraße finden wir dann auch den zweiten großen Maurermeister , neben Engelhard, Meister Krummwiede., ebenfalls eine impossante Persönlichkeit. Wen gibt`s da noch. An der Sasendorfer Straße ? Die Anfänge der Heute doch schon ziemlich großen Firma Mölders.Natürlich die Plantagen Bockelmann und die Seildreherei Ehlers.Auf dem letzten Grundstück am Eppenser Weg lag das Bevenser Gaswerk das wohl den Hauptkern der Stadt Bevensen mit Gas versorgte. Es lag, ziemlich sicher , in einer großen Kuhle eingebettet. Dort

wurde Steinkohle verfeuert und entgast. Koks war
Abfallprodukt, der in großen Mengen anfiel und verkauft
wurde. Hinter dem Gaswerk, in der äußersten Ecke der Kuhle
gabs guten Lehm, der sich gut verarbeiten ließ.
Etwas außerhalb gab's ein sehr schönes, und immer gut
belegtes, Jugendheim. Wollen wir jetzt wieder zum
Ausgangspunkt und wenden uns wie schon angekündigt über
die Medinger Satraße der Innenstadt zu. Erwähnenswert ist
zunächst die Bäckerei Löser, wo wir auch den Backofen
komplett umgebaut haben. Nachtragen möchte ich noch daß
auch die Wirtschaft Kummer einen großen Backofen hatte, denn
Georg Kummer war auch Bäckermeister. Ferner gabs in der
Medinger Straße die Firmen Gärtnerei Eggers, Schloßerei
Schroeder, Schuhmacher - Obermeister Meyer und auf der
Ecke, gegenüber der Mühle, eine große Kohlenhandlung.
Hinter der Mühle, in Richtung Bahndamm und vor der
Kreissparkasse , lag die Villa Schulz, ein schönes Haus. In der
Kreissparkasse hat auch Hermann Meyer, der spähtere
langjährige Bürgermeister von Bevensen gearbeitet.
Bundesweit bekannt wurde Hermann Meyer aber als erster
Vorsitzender des Reichsbundes.
Wir gehen nach links in die Lüneburger Straße und finden hier
„Stach"- Textilien, , eine Sattlerfirma, die Autofirma und
damalige VW - Vertretung Ellenberg mit ihrem guten Meister
Paul Tonn. Auch Herr Ellenberg war, wie Herr Fröhlich ,
Fahrlehrer. Hinter Ellenberg gab's das dritte Schuhgeschäft
Meier., die Elektrofirma Nagel, Wagnermeister Zahrte und ein
Kolonialladen auf der Spitze zum Krummen Arm. Die andere
Seite beginnt mit dem Hotel „Deutsches Haus", dann führten
drei Treppenstufen hinunter in Krögers Textilgeschäft, das
zweite große Haus in Bevensen.
 Weiter dann die Niederlassung der Lüneburger
Kronenbrauerei wo durch Verleger Schnell auch mit zwei
schönen Rappen das Bier auseinander gefahren wurde. Im
gleichen Haus der Kronenbrauerei gab's das Frisörgeschäft
Cafka.Weiter in Richtung Kirche gab's dann die Firma
„Gardinen Müller" Es kam dann der urgemütliche „Tante
Emma Laden" der beiden sehr netten älteren Damen Wieneke.

Auf der Ecke zur Bahnhofsstraße hin war eine Bäckerei und
der Zigarenladen Ude. Das Elektrofachgeschäl von
Obermeister Waterloo lag am Anfang der Bahnhofsstraße auf
der linken Seite gefolgt vom Radio- und Fernsehgeschäft Frenz
und einer Kunstschmiede, gegenüber das Möbelgeschäft Neeke.
In der Kurzen Straße gabs die Wirtschaft Radtke und das
Buchgeschäft Schliekau, wie ich meine auch eine Fundgrube
für Altertümer.
Wieder in der Medinger Straße finden wir neben Ofensetzer
Spindler den Steinmsetzer Hösch dessen Kollege Main, der
zweite Steinsetzer im Ort im Krummen Arm hinter Kinderarzt
Dr. Rodenroth sein Geschäft hatte. Nun weiter in der Medinger
Straße zur Bahnhofstraße hin. Hier gab`s auch das
Kolonialwarengeschäft Krienke wo zu dieser Zeit auch noch
Verkaufswagen mit Pferdekraft übers Land fuhren. Ein
Verkaufsfahrer war zum Beispiel Hein Lagies.
Vergessen darf ich auf keinen Fall die Privatklinik Dr. Sinn
denn dort kamen unsere beiden ersten, von fünf Kindern, auf
die Welt. Bleibt nun nur noch in der Bahnhofsstraße das Hotel
„Stadt Hamburg „ von Familie Dreusecke, dahinter dir Post
und Dr. Ziehm und dann natürlich der Bahnhof zu nennen.
Gehe nun die kleine Stichstraße , am Wilhelmsgarten vorbei zur
Lindenstraße . Nennen muß ich hier natürlich die beiden guten
Zimmereibetriebe Klatz und Schroeder mit Ihren guten
Gesellen. Wenn ich nun wieder dem Ausgangspunkt, dem
Rathaus, zuwende, bleiben nur noch zu nennen: eine
Kohlenhandlung vor Gastwirtschaft Wiedemann und gegenüber
die Futtermittelfirma Benthak.
Ach ja, wo Heute der Parkplatz der Volksbank ist stand ein
altes Fachwerkhaus von Auktionator Meyer.
Zwei Firmen, dessen Aufbauleistung ich besonders achte,
möchte ich zum Schluß aber doch noch nennen. Zunächst die
Firma Kalinowski Straßenbau. Habe Herrn Kalinowski -Senior
oft bei Bauern bei der Plasterung von Hofstellen angetroffen.
Er war da, wie wir allerdings auch, mit Fahrad und darauf
einen Sack mit Werkzeug unterwegs. — Heute nun betrachte
man die Firma Kalinowski !Was für eine Leistung des Seniors
und seiner Nachfolger.

Auch die Firma Kobernus möchte ich nennen. 1947 führen beide Brüder in einem alten LKW durch die Gegend und belieferten Ihre Kundschaft. Sie waren mitunter schon Morgens um 7 Uhr von Hamburg mit der Lieferung da. Wenn man sich Heute den Fuhrpark ansieht?? Na ja, von nichts kommt nichts! Nun möchte ich zum Schluß kommen. Wenn's an manchen Stellen etwas langatmig wurde, bitte ich dies zu entschuldigen. Es ist garnicht so einfach aus der Jugendzeit zu berichten, da kann dann schon mitunter was unwichtiges reinrutschen. Abschließend möchte ich aber sagen. Bevensen ist als Bad natürlich auch Heute eine schöne Stadt. Durch den Kurbetrieb hat aber die damalige Gemütlichkeit und Ruhe gelitten. Sicher wird manch älterer Bevenser mit etwas Wehmut daran zurück denken.

Günther Müller, Uelzener Str. 13 – 29571 R o s c h e.

Gastwirtschaften und Bauernhöfe um Bevensen.
Ein Rundgang durch die Dörfer um Bevensen.

Den Anfang möchte ich doch mit meinem Stammlokal, „Saagels -
Gasthaus machen. Die Seele der Wirtschaft war „Mutti" Saagel, die
Ihre Augen überall hatte. Zur Seite standen Ihr die Schwestern Erna
und Hildegard, zwei ostpreußische Mädels. Erna hat später Walter
Maßt geheiratet der zu dieser Zeit Fahrräder im „Heide - Kino „
angenommen und bewacht hat. Gearbeitet hat Er ansonsten bei
Bauer Främke Sierachsberg. Hildegard, eine dunkle Schönheit, hat
noch vor Ihrer älteren Schwester Erna den Büroangestellten der
Firma Reimers, Werner Dornbusch geheiratet, einem recht guten
Bekannten von mir. Sie haben in einem älteren Haus im Bäckergang,
vor Maler- und Glasermeister Meier, gewohnt. Erinnern kann ich
mich auch recht gut an die beiden Mädels Lisa und Elfriede.
Wenn Mutti Saagel mit „Onkel Otto", Ihrem Mann, ausgehen
wollte, hat Sie mich oft gebeten doch bis zum Schluß in der
Wirtschaft zu bleiben und bis`chen aufzupassen. Oft kamen zu
vorgerückter Stunde noch angetrunkene Burschen an und wurden
lästig. Lisa und Elfriede waren wohl plietsche Mädels, aber
beruhigter war Mutti Saagel wenn Sie zu Hause einen Aufpasser
wußte. Mit den Angetrunkenen ging es aber meistens ganz lustig zu.
Kann mich da ganz gut an „Kuddel" Gerhard , den
Fuhrunternehmer vom Gollerner Weg erinnern, der sehr amüsant
wurde wenn Er einen in den „Hacken" hatte. Er war ein sehr
tüchtiger Mann und hat sich auch später als Stadtrat gute Verdienste
um Bevensen erworben.
Auf die vielen guten anderen Gastwirtschaften und Hotels von
Bevensen der 50-ziger Jahre möchte ich nicht näher eingehen. Habe
wichtiges schon an anderer Stelle dieses Buches darüber erzählt.
Wichtig erscheint mir auch, die Gastwirtschaften und Bauernhöfe der
Bevensen umgebenden Dörfer zu nennen und zum Teil auch etwas
näher zu betrachten.
Dies kann natürlich nur aus meiner ganz persönlichen Sicht
geschehen und soll auch keine besondere Wertung sein.

Begebe mich also auch hier auf einen Rundgang und möchte Orte, und auch Personen nennen, die noch in keinem anderen Bericht vorkommen.

Von unserem beruflichen Hauptdorf Römstedt aus möchte ich zunächst mein Augenmerk auf Almsdorf, einem kleinen Ort vor Himbergen, lenken. Dort gab und gibt es die Burmester`s, den Landwirt und die Gastwirtschaft.

Beim Landwirt Burmester habe ich einen sehr schönen grün - geflockten Kachelofen gesetzt , einem Farbton, der zu der Zeit sehr gängig war. Junior Burmester war ein guter Fußballer und starker Verteidiger beim Himberger SV. Von Himbergen gingen übrigens später die guten Fußballer Fritz Neumann und Brunhöver , der aus Heitbrack kam, zu „ Union" Bevensen und waren dort zwei wichtige Spieler.

Etwas Ärger hat mir Magdalene Burmester , die Tochter des Hauses gemacht. Der Dirn hat es wohl zu großen Spaß bereitet, mir fast jeden Abend die Luft aus meinem Fahrrad zu lassen. In sicherer Entfernung sah Sie dann grinsend zu, wie ich am Luft aufpumpen war. Das machte Sie so lange bis ich Sie in der Küche an der Abwäsche erwischte wo Sie mit einem Wasserschlauch das Geschirr abspülte. Da war es für mich keine Schwierigkeit , Sie kurz fest zu halten und Ihr den Wasserschlauch in den Blusenausschnitt zu stecken. Sie hat sich da schon sehr gewehrt und gejucht, aber da mußte Sie nun durch, denn so ganz schwach war ich nicht.

Na ja, schwach konnte man bei Magdalene schon werden, aber das Mädelchen war mit dem Vorarbeiter vom Hof liiert, einem Ostpreußen wie ich meine, na und einem Landsmann konnte ich ja wohl nicht in die Quere kommen. Ihn hat Sie dann spähter auch geheiratet und zusammen bewirtschaften Sie Ihren Hof in Brockhimbergen. Aber nun weiter im Text. Natürlich war Sie mir zunächst etwas böse. Haben uns, besonders nach einer Wette , wieder vertragen. War so leichtsinnig um eine Schachtel Zigaretten für mich, oder einer Tafelschokolade für Sie . zu wetten, daß Sie keine Stecknadel in eine der Fugen in dem neuen Kachelofen voll rein stecken kann. Kurz gesagt, die Tafel Schokolade wurde ich los, aber der Friede war wieder hergestellt.

In der Gastwirtschaft Otto Burmester nun habe ich einen schönen braunen Kachelofen in die Wand zwischen Clubzimmer und Gastwirtschaftszimmer gesetzt. Der Wirt Otto war ein sehr geselliger Typ der sehr oft und, so habe ich es in Erinnerung, in sehr hohen Ton lachte. Die Gastwirtschaft Burmester ist ja bis Heute noch sehr bekannt wo auch, wohl auch wegen der ruhigen Lage, oft Sitzungen und besondere Feiern statt finden. Was gab's da noch? Ach ja, eine schöne dunkelhaarige Tochter hatten Burmester`s auch.

Ziehen wir nun einmal durch Himbergen Richtung Gr. Thondorf. Da ist unbedingt der Hof Behn Rohrsdorf zu nennen. Landwirt Behn, ein sehr honoriger Mann, war wohl einige Zeit , wie Lehrer Lüdemann aus Römctedt auch und sicher noch einige Andere, zwecks „Entnazifizierung" einige zeit festgehalten worden. Vielleicht berechtigt, aber darüber kann und will ich nicht urteilen.

Für mich war Er ein guter Mensch und Landwirt, der seinen Hof gut in Schuß hatte. Habe dort gerne gearbeitet. Es wurden von mir der Kachelherd und ein Kachelofen umgesetzt. Da war es immer sehr intressant mit Herrn Behn zu diskutieren was Ihm wohl Spaß brachte und für mich lehrreich war. Da gab es dann natürlich auch keine Tabus.

Nun möchte ich über Gr. Thondorf nach Bostelwiebeck zur dortigen Gastwirtschaft „Waldesruh" der Familie Wizoreck ziehen. So viel ich weiß, hat Frau Wizoreck vor Ihrer Ehe im „Hamburger" Krankenhaus in Bevensen als Köchin gearbeitet. Eine sehr gute Voraussetzung also für eine gute Küche in „Waldesruh". Davon konnte ich mich überzeugen, als in der Gastwirtschaft der grüne „Ostpreußische" Grundofen von uns aufgebaut wurde.

Von Bostelwiebeck geht es zunächst nach Eddelstorf. Dort hat der Landwirt Ewald Kruse - Petersen zu seiner Hochzeit mit seiner Resi Kaiser das ganze Bauernhaus auf Vordermann gebracht. Kann mich erinnern, daß zum Beispiel ein handwerklich wertvolles Blumenfenster von dem Eddelstorfer Tischlermeister Beneke gefertigt und eingebaut wurde. Die Malerarbeiten wurden von der Firma Behn, Bevensen ausgeführt. Wir durften einen schönen neuen Kachelofen aufsetzen und einen Weiteren umsetzen.

Hier in Eddelstorf gab es die Gastwirtschaft Theo Beeken wo immer viel Betrieb war. Sicher kein Wunder, denn Eddelstorf hatte auch eine Ziegelei und die Arbeit dort war ja wohl sehr schweißtreibend und das gibt bekanntlich Durst. - Na Spaß bei Seite.

Nennen möchte ich in Eddelstorf noch den Landwirt Lühr, der in Reit- und Fahrvereinen als guter Geländewagenfahrer bekannt war.

Bevor ich nach Altenmedingen komme, noch einen Abstecher zu Bauer König nach Vorwerk. Beim Umbau eines Kachelofens mußte ich dort, wegen Kachelmangel, den kompletten Ofen direkt an die Wand setzen. Als ich Herrn König erklärte, daß dies einen sehr schönen „Ostpreußischen „ Kachelofen gibt, hörte ich Ihn später den Meister ganz sorgenvoll fragen: „Deen Gesell will mick een „Ostpreuschen" Oben setten , is dat denn watt??"

Als Ihn der Meister beruhigt hatte und sagte „Günner mogt dat scho" war Er zufrieden. Aber ich hatte doch das Gefühl, daß Er meinem „Ostpreußischen „ Ofen nicht so recht traute , zumal der doch so`n bis`chen wie an die Wand geklatscht ausah.

Nun geht`s weiter nach Altenmedingen. Hier die Gasthäuser Reinsdorf und Fehlhaber, beides gute Häuser, die auch viel Zulauf hatten. Auch den Tempo von meinem Chef, liebevoll von Vielen „Lehm Rudi „ genannt konnte man dort öfter stehen sehen. Muß aber auch sagen, daß Er so viele Aufträge rein geholt hat.

In Altenmedingen sind noch zwei Schmiedebetriebe tätig gewesen und das Kaufhaus Schwabe ist natürlich auch zu nennen.

Vorne an, vor dem Dorf in Richtung Secklendorf, liegt der schöne Hof Schenk wo ich auch schon als Lehrling oft gearbeitet habe.

In der Gastwirtschaft Schenk Secklendorf sind wir oft von Bevensen aus zum Tanz auf der Bauerndiele gegangen. Da konnte es passieren, daß Kühe von der Seite her auf die Tanzdiele schauten.

Auch in Secklendorf gab es schöne große Bauernhöfe wie zum Beispiel Günther, Tippe und Hartwig.

Ziehen wir nun aber weiter von Altenmedingen in Richtung Bienenbüttel. Bienenbüttel selbst kann ich etwas vernachlässigen den dort hatte Töpfermeister Koch sein Geschäft und hier auch seine Kundschaft . Sein Einzugsgebiet war aber ansonsten der Raum in Richtung Lüneburg. Vorher kommen wir aber durch Edendorf.

Seitlich davor liegt der Ort Reisemoor. Einen sehr großen Kachelofen habe ich dort bei Bauer Thiede gesetzt .Kann mich an einen sehr schönen Sommertag erinnern, als wir Handwerker nach dem guten Mittagessen uns vor das Haus auf die Wiese zum ausruhen gelegt hatten. Dort bin ich tatsächlich so fest eingeschlafen daß ich erst wieder durch den Krach der Maurer- und Zimmerleute aufgewacht bin.

Jetzt zu Edendorf. Vorne an, liegt der Hof Kühl, zu dem ich persönlich besondere private Beziehungen habe den dort wohnten meine Schwiegereltern. Hier haben wir geheiratet und sind sehr sehr oft, auch später mit den Kindern, dort hin gefahren. Seitlich von Kühl lag und liegt Hof Eick, von Umfang her, so glaube ich , noch etwas größer als der Kühlsche Hof. Im Dorf selbst gab es dann noch die Bauern Busse der auch Bürgermeister war, Richter und Dreyer. Lehrer in der Dorfschule war Herr Behneke der, so bestätigt mir meine Frau, seinen Schülerinnen und Schüler sehr viel beigebracht hat. Beliebt waren die vielen Ausflüge. In Edendorf wurde in dieser Zeit auch viel Geräteturnen betrieben und sogar Theater gespielt. Der Ort Wichmannsburg hat schon deshalb für uns eine große Bedeutung weil wir hier in der schönen kleinen Kirche getraut wurden. Berühmt ist hier der wunderschöne Schnitzaltar.

Jetzt gehen wir in Gedanken vorbei an Bienenbüttel auf der B 4 in Richtung Seedorfer Kreuz. Kurz nennen möchte ich hier, bevor wir in Richtung Seedorf gehen, das kleine Tanzlokal vor dem ehemaligen Zoolhaus. Auf einer ziemlich kleinen Zementdecke wurde da getanzt und von daher hieß es dann auch „die Nahkampfdiele".

Mitten in Seedorf liegt der große „Meyer - Hof „.Dort wurde die Küche im Untergeschoß von uns gefließt.

Von Herrn Meyer konnte ich erfahren, daß der Landkreis Uelzen Ertragsmäßig in ganz Deutschland noch vor Ostpreußischen Ländereien lag und daß besonders der gute Boden um Seedorf und Barum dazu wesentlich bei trugen.

Sehr gerne haben wir auch immer auf Gut Golste gearbeitet. Im Haupthaus, dem Inspektorenhaus und den Arbeiterhäusern gab es laufend etwas zu tun. Weniger zu tun gabs im Ort Natendorf. Hier ist mir nur der schöne Sportplatz in Erinnerung der, ähnlich schön wie der Eddelstorfer Fußballplatz , eingebettet im Wald lag. Es machte besonders Spaß dort bei Pokalspielen in den Spielpausen unter den Bäumen aus zu ruhen.

Inzwischen sind wir in Barum gelandet. Bekannt war hier Gastwirt Reinstorf auch durch sein Pferdegespann mit dem Er täglich die Milch der Barumer Bauern zur Molkerei nach Bevensen fuhr.

Es gab da auch eine zweite Wirtschaft mit Tankstelle. Natürlich auch hier schöne große Bauernhöfe mit sehr gutem Land, wie Landwirt Meyer aus Seedorf mir bestätigte. Die Dorfschule lag hoch am Berg in Richtung Vastorf. Die beiden Kachelöfen in den Klassen wurden auch von uns gesetzt. Noch höher auf dem Berg, bei der Wind- bezw. Wassermühle , gab es besonders guten Lehm.

In Ebstorf hatten wir weniger zu tun da dort auch ein Töpfermeister Koch, ein Bruder von dem aus Bienenbüttel, sein Geschäft und somit auch Einzugsgebiet hatte. Nur bei einem Tierarzt, der ein schönes Doppelhaus hatte, habe ich einen Kachelherd aufgesetzt. Kann mich deshalb so gut daran erinnern weil ich dort auf einem O - P Tisch in der Tierpraxis übernachtet habe.

Nun zurück in Richtung Bevensen und zwar nach Sasendorf.

Für mich war seiner Zeit bei Hoburg die erste Arbeitsstelle in meinem Beruf. Frau Hoburg war auch bekannt für Ihre Kochkunst. Grundsätzlich gab es dort nach dem Mittagsmahl auch immer eine Nachspeise. Aber wichtiger war mir Sasendorf auch deshalb, weil ich hier meine Frau kennen gelernt habe. Als Hausmädchen hat Sie dort auch sehr viel gelernt und zu Ihren, schon von „Muttern" erlernten Kenntnissen, hier den letzten Schliff bekommen .Davon prowotieren wir Heute noch. Eine etwas lustige Geschichte fällt mir zu Hof Hoburg noch ein. – Hausschlachter Mauerer Meier aus der Möllerstraße in Bevensen war dort am schlachten. Er machte sich den Spaß und schickte das zweite Hausmädchen, Renate Beneke, Tochter von Zimmermeister Benecke aus Medingen, zu Frau Hoburg um einen Essiglappen zu holen. Frau Hoburg machte wohl den Spaß mit und gab Ihr den Lappen. Als dann Renate den Schlachter fragte: „Was soll ich nun damit tun" sagte der „ paß auf Mädchen, damit drückst Du der Sau die Augen zu wenn ich sie abgestochen habe."

Na ja, ähnlich wurde ja oft mit Lehrlingen am ersten Arbeitstag verfahren die dann die Gewichte für die Wasserwaage von Schmied Lohmann holen sollten. So mancher fiel darauf rein.

Von Sasendorf gehen wir nun über Klein Bünsdorf an der Ilmenau entlang nach Jastorf. Vorne rechts war die gemütliche Gastwirtschaft von „Adele „ Eine zweite Gastwirtschaft gab es hier in Jastorf natürlich auch. Gegenüber davon, auf Hof Schroeder habe ich mein Gesellenstück gesetzt, einen schönen braunen und--- natürlich „Ostpreußischen „ Grundofen. Die Arbeit hat mir sogar die Note „Sehr gut" und einen Buchpreis ‚Titel „Vom guten Handwerker" eingebracht.

Im nächsten Dorf Klein Hesebeck haben wir auch in fast jedem Haus gearbeitet. Auf Grohtes altem Saal mußte oft zu größeren Festen provisorisch ein großer eiserner Ofen mit seinem Rohr durch die Wand nach draußen angeschlossen werden, da kein Schornstein da war.

Erinnern kann ich mich auch an zwei Umsetzer bei Bauer Campe. Habe Freitag früh angefangen und die ganze Nacht bis Samstag Abend durch gearbeitet. Herr Campe Senior wollte mir die ganze Nacht Gesellschaft leisten, ist dann aber, nachdem wir uns noch zusammen um Mitternacht gestärkt hatten, ganz friedlich auf seinem Stuhl eingeschlafen. Zur Belohnung bekam ich Samstag Abend zwei schöne Würste mit nach Hause. Die Meisterin hat sie mit großer Freude in Empfang genommen und für die beiden kleinen Müller's gab`s „Hasenbrot „.

Einige Zeit später habe ich dann bei Bauer Campe auch einen recht schönen neuen Kachelofen mit gelb - geflockten Kacheln gesetzt.

Warmluft-Kachelofen mit "Buderus" Einsatz und großer Wärme= Röhre. Einsatzfront und Gitter emailiert.

Sturz- und Steigezug sowie obere Züge gemauert.

Bevor ich nun weiter nach Oetzendorf gehe möchte ich einen kleinen
Abstecher zu Landwirt Besenthal nach Heitbrack machen.
Herr Besenthal ist der Bruder von Frau Täger in Strohte die ich ja
schon in meinem Bericht von „Meister Rudolf Müller - ein Orginal"
erwähnt habe. Herr Besenthal hatte auch Verwandschaft im Kreis
Soltau. Dies ist der Ausgangspunkt für eine auch etwas
abenteuerliche Geschichte. Er hatte uns beauftragt bei der
Verwandschaft zwischen Munster und Soltau auf einem einsamen
Hof zwei Kachelöfen um zusetzen. Abgeholt wurden wir von Herrn
Besenthal mit Trecker und Anhänger. Unser Material wurde zu den
Sachen auf den Anhänger gepackt die Er für den Soltauer Hof
aufgeladen hatte. Wir lagen auf Strohballen dazwischen und so ging
die Tuckelfahrt in den Kreis Soltau los. In Erinnerung habe ich
noch, daß ich in Munster sehr viele Holzbaracken sah.
Unsere Ofensetzerarbeiten dort gingen sehr gut und zügig voran. Der
Meister hat den schwierigeren Ofen gesetzt und ich den etwas
Kleineren. Wir haben natürlich dort übernachtet und waren am
nächsten Tag wieder früh bei der Arbeit. Leider wurde es aber doch
an diesem zweiten Tag auch recht späht und wir haben mit Müh und
Not den letzten Bus nach Munster geschafft. .
Der Zug nach Uelzen wurde zwar auch noch erreicht, aber in
Uelzen selbst war Endstation. Nach Bevensen ging kein Zug mehr.
Zum Glück hielt unser Zug noch vor Uelzen in Nähe der
Zuckerfabrik. Wir schnell raus und die Bahnböschung zur B 4 runter
gerutscht. - So das war`s dann erst einmal. Es war ruhige sternen
klare Nacht und auf gings Richtung Westerweye und Tätendorf.
Dort sind wir dann nach Eppensen abgebogen und gingen in den
 Wald. Hier wurde zunächst eine längere Rast eingelegt. Verflegung
hatten wir auch mit bekommen so daß wir uns etwas stärken
konnten.Ich war natürlich schon etwas müder als der Chef, denn ich
hatte den schweren Rucksack mit dem Geschirr zu tragen. Nach einer
Zigarettenpause gings dann weiter nach Bevensen. Etwa um drei Uhr
in der Frühe sind wir dann zu Hause gelandet. Es war Sonntag früh
und wir konnten ausschlafen.
Nun aber weiter in meinem Rundgang und zwar in Richtung
Oetzendorf zu Landwirt Steeb wo es auch immer recht viel zu tun

gab. Als Inspektor arbeitete dort Heinrich Oetzmann einer der
besten Fußballer bei „Union" Bevensen.
Möchte nun weiter nach Masbrock - Havekost ziehen.
Der Mittelpunkt des Ortes Masbrock war eine gute Gastwirtschaft.
Etwas darunter lag der Bauernhof der Familie Appeldorn. Der
Junior spielte Fußball bei Masbrock - Havekost und war, zusammen
mit Heinz - Jürgen Tippe aus Eddelstorf, auch ein wichtiger und
langjähriger Mitarbeiter der Firma Kalinowski in Bevensen. Zu
erwähnen in Havekost wäre Landwirt Meyer Senior und seine
Junioren die auch alle, und hier besonders der Senior, mit Herz und
Seele Fußball gespielt haben.
Nun gehen wir zurück nach Höver. Auch hier, wie üblich in der
Umgebung von Bevensen, große Bauernhöfe mit gutem Land. Die
gemütliche Gastwirtschaft darf natürlich auch hier nicht fehlen.
Wie in fast jedem größeren Ort gab`s auch eine Schmiede.
Zu nennen ist da noch der kleinere Ort Gollern, schon wegen
Landwirt Grau, einem Gekannten und guten Reiter.
Über Röbbel, mit seiner Mühle, soll mein Rundgang in Gr. Hesebeck
enden. Diesem Ort bin ich auch durch meine Fußballspielertätigkeit
im dortigen TSV verbunden und werde Ihm deshalb einen
Extrabericht widmen.
Habe den Wunsch und die Hoffnung daß ich auch von Herrn Carl
Friedrich Bautsch, in seiner Eigenschaft als Heimatschriftsteller,
einige nette platt - deutsche Geschichten erhalten werde, die ich
dann gerne an passender Stelle einbinden möchte.

Ansonsten wünsche ich mir sehr daß dieser Weg, rund um Bevensen,
für viele nachvollziehbar ist. Habe bewußt auf zu alte Chroniken
verzichtet und Dinge aufgezeigt, die möglichst viele Zeitgenossen
auch ähnlich erlebt haben.
Wenn es dem Einen oder Anderen nicht vollständig genug erscheinen
mag oder ist, bitte ich dies zu entschuldigen.
    --- Wer ist schon Vollkommen ---   G. M.

Bilder zum Bericht „ Gastwirtschaften und Bauernhöfe ..“

Kirchstraße in Bevensen mit Gastwirtschaft Saagel, rechts hinter Tankstelle Schöndube und Heidekino.

Altenmedingen Kreis Uelzen.

Gruß aus Edendorf.

Mein Gesellenstück:
Kachelgrundofen.
gesetzt bei Landwirt
Schroeder in Jastorf.

Berufsgeschichten aus Niendorf (bei Altenmedingen)

Mit das erste Dorf das ich durch meinen Ofensetzer Beruf kennen gelernt habe war Niendorf bei Altenmedingen.
Zu damaliger Zeit hatten wir im Geschäft nur ein Fahrrad was auch nicht einmal in gutem Zustand war. Eine deffekte Mantelstelle am Hinterrad mußte zum Beispiel mit Bindfaden abgewickelt werden. Dieses „Geschäftsrad" wurde also zwischen Meister und Lehrling geteilt.
So ging an diesem Morgen zunächst der Meister zu Fuß am Hof „Frähmke Sirachsberg" vorbei, in Richtung Niendorf. Dort habe ich Ihn dann mit dem Fahrrad eingeholt und wir haben getauscht.
Ab da fuhr der Chef voraus um zuerst beim Kunden, Bauer Ahrends , an zu kommen.
Zuvor hatte Er noch großes Finderglück denn kaum war der Meister ein Stück gefahren hielt Er an , hob etwas auf und winkte mir damit zu. Es war ein 50 Reichsmarkschein den ich auch gerne gefunden hätte. Mein Monatslohn war damals 8,- RM bei freier Kost und Logie. Einen kleineren Betrag hätte der Chef mir schon abgeben können, nicht war?
Bei Bauer Ahrends mußte ein brauner Kachelofen in der guten Stube umgesetzt werden. Ich wurde eingewiesen und hab dann das gute Stück, Schicht für Schicht ,abgenommen. Habe mich dabei aber dermaßen eingesaut daß ich hinterher wie ein Schornsteinfeger aus sah. An den nächsten beiden Tagen haben wir gemeinsam den Ofen neu aufgesetzt. Konnte dabei natürlich nur den Handlanger spielen, fand aber da schon die Ofensetzerarbeit ganz intressant.
Bald danach haben wir auch bei Bauer Bünsdorf, einem kleinen Hof mitten im Dorf, gearbeitet. Kann mich hieran besonders gut erinnern, weil ich mir dort den ersten richtigen Schwips meines Lebens eingehandelt habe. Zum Abendbrot gabs Pellkartoffeln mit Quark und dazu ziemlich oft ein Gläs`chen selbst gebrannten Rübenschnaps. Wunderte mich schon bald, daß mir beim pellen die Kartoffeln laufend unter den Tisch rollten. Als ich dann spähter draußen auf der Treppe zu früh nach links abbog, bin ich voll in die Luft getreten und lang auf die Fresse geflogen. Hatte wohl übersehen, daß da kein Geländer war. Na ja, kleinen Kindern und

*„Betrunkenen" soll ja so leicht nichts passieren, so kam auch ich mit
dem Schrecken davon.*

In Niendorf haben wir auch spähter immer gern gearbeitet.
*Es gab hier durchweg gesunde Bauernhöfe die auch gut für uns
Handwerker sorgten. Daß dort auch starck getrunken wurde war
vielleicht doch nur ein Gerücht--- aber warum ist mein Chef oft und
gerne bei der Wirtschaft Funke eingekehrt??*
*Mitten im Dorf lag auch Hof Rose wovon folgende Geschichte
erzählt wurde. Alle waren beim Frühstück versammelt, so auch der
Pastor aus Römstedt. Der hatte einen besonders guten Appetit und
ging Oma Rose schon bis'chen auf den Nerv. Endlich war Er wohl
satt nahm sich noch eine Käseschnitte und sagte „so Käse schließt
den Magen". Diesen Spruch hatte sich Oma Rose wohl gut gemerkt.
Als der Pastor wieder einmal zum Frühstück da war hat Sie Ihm
sofort den Teller mit Käseschnitten zu gereicht. Der sagte aber ganz
erfreut „oh ja Oma Rose, Käse regt den Appetit an". Ja, ja der
Pastor hatte immer den passenden Spruch parrat und Oma Rose
versuchte nicht mehr zu tricksen.*
*Niendorf war eines der kleineren Dörfer im Vorfeld von Bevensen,
also unserem Einzugsbereich. Bedingt aber durch die, wie schon
gesagt, gesunden Bauernhöfe, wirtschaftlich für das gesamte
Handwerk lebenswichtig. So hat sich Landwirtschaft und Handwerk
im Bevenser Einzugsgebiet von je her gut ergänzt.*

*Am Ofensetzer Beruf fand ich zunehmend gefallen und so ging die
Ausbildung gut voran. Meinen ersten Kachelofen durfte ich nach fast
genau einem halben Jahr, zu meinem Geburtstag Ende Juni 1947, bei
der Familie Knust in Edendorf umsetzen. Ab da ging es dann weiter
aufwärts und so sollte es ja auch sein*   G. M.

Erlebnisse mit dem Motorrad D K W - 200

Inzwischen wurde die Firma etwas mobiler.
In einer Ecke des Schuppens stand eine DKW - 200 die sich der Chef
vor seiner Einberufung zum Militär noch angeschafft hatte.
Nun galt es diese Vorkriegsmaschine auf Vordermann zu bringen,
was Meister Paul Tonn von der Firma Ellenberg besorgte.
Sehr viele Motorräder gab es zu dieser Zeit noch nicht.
Die Straßen hatten überwiegend Kopfsteinpflaster mit seitlichen
Sandwegen was nicht gerade ein bequemes fahren zuließ.
Eine unserer ersten Motorradfahrten ging nach Gollern, den
Sandweg neben dem Gehöft von „Reiter -Meyer" hoch.
Mit vollem Rucksack mit Arbeitsgeschirr saß ich auf dem Rücksitz.
Im Sand kam die Maschine ins stocken, ein dreher links, ein dreher
rechts und mit Schwunk schoß sie den Berg hoch. Natürlich ohne
mich denn ich saß mit dem Rucksack im Sand. Mit diesem
überraschenden Manöver hatte ich nicht gerechnet.
Der Chef bemerkte erst ziemlich späht daß Er Solo fuhr und hat dann
weit oben auf mich gewartet.
Unsere Materialtransporte sahen damals folgendermaßen aus. Wir
hatten einen sehr schönen Anhänger mit Autogummireifen.
Darauf wurde dann zum Beispiel ein Waschkessel verladen. Eine
Kupplung am Motorrad gab es nicht, die mußte dann ich ersetzen.
Auf dem Sozius sitzend wurde dann der beladene Anhänger von mir
gehalten. Weiß noch wie der „Stadtscheriff" Beck uns erstaunt nach
sah und mit erhobenem Finger drohte.
Kriminell wurde es dann bei „Personentransporten". Max Grube,
unser Hausmieter, hat oft bei uns ausgeholfen. So haben wir beide
einen schönen transportablen Kachelofen mit der Gummikarre nach
Höver gebracht. Der Chef kam mit dem Motorrad nach und hat uns
dann wieder nach Hause mit genommen. Max saß in der Gummikarre
die ich, auf dem Sozius sitzend, festhielt.
Sehr schnell sind wir zwar nicht gefahren aber in der Bergstraße,
neben Gastwirtschaft Deumann, war dann Schluß. Oben in der Kurve
mußte der Meister plötzlich stoppen. Die Karre mit Max schob mich
auf den Fahrer so daß ich loslassen mußte. Na ja, Max Grube sprang
geistesgegenwärtig ab und die Fahrt war beendet.

Polizist Beck, der auch beim Chef wohnte, hat Ihm danach wohl sehr ins Gewissen geredet. Solch „Transporte" wurden danach jedenfalls nicht mehr unternommen.

Die alte D K W lief zu dieser Zeit auch nicht mehr ganz rund. Kann mich da auch an eine unserer letzten Pannen erinnern. Wir haben damals auf Gut Haarsdorf, zwischen Natendorf und Ebstorf, gearbeitet. Es wurde sehr späht und so sollte es Nachts mit dem Motorrad nach Bevensen zurück gehen. Das gute Stück wollte wieder einmal nicht anspringen. Nach dem Motto, wer liebt der schiebt, zuckelten wir dann los. Es war sehr dunkel und inzwischen fing es mächtig an zu regnen und zu hageln. Ich durfte natürlich überwiegend die Maschine schieben was bei dem inzwischen matschigen Boden keine Freude brachte.

Die einzige Erholung gab`s am Berg zwischen Gut Golste und Seedorf den wir auf dem Motorrad sitzend im Leerlauf runter rollten. Waren dann aber doch froh als wir , wenn auch Müde und durchnäßt, zu Hause waren.

Dies war eine der letzten Fahrten mit der ehrwürdigen alten D K W 200. Einige gute Dienste hatte sie uns ja doch geleistet. Zumindest hat sie es, nach dem Moto „läuft sie - oder läuft sie nicht", öfter spannend gemacht.

Eines Tages ergab sich die „Möglichkeit" bei einem Preisschießen in der Gastwirtschaft „Wiedemann" ein Motorrad zu gewinnen.

Es wurde dort als 1. Preis eine 125-ziger „Adler" ausgelobt.

Der zweite Preis war ein schönes „Saba" Radio und dann noch acht weitere Preise.

Das Motorrad war in der Kirchstraße beim Fahradgeschäft „Krug" ausgestellt, ein schönes Stück.

Viele „Schützen" haben sich da versucht und im hinteren Raum der Wirtschaft „Wiedemann" um die Wette geschossen. Ich lag garnicht so schlecht im Rennen und belegte lange den zweiten Platz mit 2 x 59 von 60 Ringen. Eine Woche vor Ablauf gab`s aber, oh Wunder, mit einem mal schon 5 Schützen mit 60 Ringen. Darüber hinaus wurde das Motorrad als erster Preis gestrichen. Dies wurde damit begründet, daß zu wenig Geld eingeschossen sei. Einen entsprechenden Passus gab`s tatsächlich und stand auf einem Zettel der in einer dunklen Ecke aufgehängt war.

*Lange Rede, kurzer Sinn, es kam noch zu einem Stechschießen.
Erster Preis war nun der „Saba" Empfänger. Weiter gab`s dann nur
noch Oberhemden und Arbeitshosen. Habe den siebenten Platz
„erschossen" und dafür ein „schettergelbes" Oberhemd erhalten.
Das war dann schon ein teures Stück denn ich hatte bis dahin gut
80 RM verschossen. Also eine Pleite durch und durch. Na ja, durch
Schaden wird man klug.
Es wäre ja auch zu schön gewesen die alte D K W - 200 durch die
„meiner" 125-ziger „Adler" zu ersetzen. Das war ja dann wohl voll
in die Hose gegangen.
Angeschafft wurde für`s Geschäft danach bald ein „Tempo"-
Dreirad - Auto was für die Firma Müller wieder ein weiterer
Fortschritt war.
Leider hatten wir dafür keine Garage, so daß der schöne Wagen
immer draußen stehen blieb. Bald mußte dann auch dieser „Tempo"
Morgens angeschoben werden .Immer eine Quälerei, woran ich
nicht so gern zurück denke.
Entlastung gab`s da auch, als der Geselle Max Wenzel aus Medingen
eingestellt wurde. Vom Ihm konnte ich aber auch beruflich so Einiges
lernen, was mir besonders im Bezug auf die bald anstehende
Gesellenprüfung zu Gute kam.
Vorher ging`s aber noch zur Landesberufsfachschule für Ofensetzer
nach Lehmkenhafen auf der Insel Fehmarn. Eine schöne Zeit von der
ich auch noch einiges berichten möchte.*   G.M.

Berufsfachschule Lehmkenhafen auf Fehmarn.

*Wir Ofensetzerlehrlinge hatten zunächst keine fachbezogene
Berufsschule und waren den Maurern und Zimmerleuten zugeteilt.
Der Unterricht wurde in der Scharnhorstkaserne in Uelzen
abgehalten.*
*Dort bin ich eines Tages auch meiner ehemaligen Mitschülerin Juta
Soth aus Stuhm in Westpreußen begegnet. Haben uns aber dann bald
aus den Augen verloren bis Jutta sich vor einem Monat, also nach 56
Jahren, wieder bei mir gemeldet hat. – Aber dies nur nebenbei -- .*
*Nun wurde endlich für uns Ofensetzerlehrlinge bundesweit eine
Berufsfachschule in Lehmkenhafen auf Fehmarn eingerichtet.*
Im Kreis Uelzen waren wir 4 Lehrlinge in unserem Fach.
*Bei Firma Stelzer Erwin Hübner und Helmut Cybulla, bei Firma
Meier Horst Bodo Meyn und ich bei Firma Müller in Bevensen.*
*Die ersten Lehrgänge dauerten 7 Wochen. Der für uns Erste und
auch Letzte war im dritten Lehrjahr im Spätsommer und Herbst
1948.*
*Bin seinerzeit einen Tag später in Lehmkenhafen angereist da ich für
die Fahrtkostenbefreiung noch die Unterschrift meiner Mutter
benötigte. Damals durfte man erst ab 21 Jahren selbst entscheiden,
obwohl wir, bedingt durch die Erlebnisse in der Kriegszeit , schon
vernünftiger waren.*
*Die Bahnstrecke bis Fehmarn hoch ging`s mit der Normalbahn. In
Hamburg konnte man noch die vielen Zerstörungen durch die
Bombardierungen sehen. Mit der Bimmelbahn erreichte ich dann die
Endstation Putgarden und ging dann noch 3 km bis Lehmkenhafen.*
*Das Berufsschulhaus war ein größerer roter Klinkerbau Der Ort
selbst war nicht sehr groß.*
*Am imposantesten eine schöne Mühle, die auch damals schon zur
Besichtigung frei gegeben war. Lehmkenhafen hatte eine Poststelle,
einen Kaufmannsladen und eine Gastwirtschaft.*
*Als ich dort Abends ankam , waren sämtliche Lehrlinge meiner
Klasse schon unterwegs. Im Nachbarort war Cirkus und
anschließend ging`s zum Tanz.*

Dabei gab`s die ersten Reibereien mit den Dorfjungen . Grund, natürlich die Mädels. Es kann ja auf die Dauer auch nicht gut gehen, wenn die Mädelchen auch uns schöne Augen machten.
Hübsche Dinger waren da schon bei und besonders eine blonde Ostpreußin hatte es mir angetan. Ihrem Freund, einem großen starken Fischerjungen, hat das natürlich gar nicht gefallen.
Als Lydia, so hieß das Mädel, mich dann Tage später auch noch bat sie abends zu einer Schusterwerkstatt im Nachbarort zu begleiten schaukelte sich die Rivalität so langsam hoch.
Es wäre für mich auch sehr gefährlich geworden, wenn bei einer Schlägerei vor der Schule mein Freund Erwin Hübner nicht rechtzeitig das Messer in der Hand des Burschen gesehen hätte.
Erwin, der bei der Leibstandarte Adolf Hitler und so sehr kampferprobt war sprang ihn von der Seite her an und trieb ihn in den Dorfteich. Er hatte Erwin aber doch knapp mit dem Messer erwischt und durchs Hemd die Haut geritzt. Unser Lehrer, Herr Zaijunz, hatte inzwischen die übrige Streiterei geschlichtet. Ich kann Heute noch Erwin Hübner dankbar sein denn ich hatte das Messer nicht gesehen und wäre da wohl voll rein gelaufen.
Die Reibereien hielten die ganze Zeit über an. Viel dazu beigetragen hat da auch unsere Unterstufe, ca. 20 Jungen im alter von 15 - 16 Jahren. Die Burschen haben zu gerne die Fischerjungen angepöbelt und wir Älteren mußten es oft ausbaden. Unsere Oberstufe war auch ca. 20 Mann stark und im Alter von 20 bis gut 30 Jahren..
Wir waren natürlich auch beim Tanzvergnügen in der einzigen Wirtschaft dabei. Weiß noch daß da gerade der Sambatanz aufkam So wurde zum Beispiel zu den Liedern ."Ei, ei Maria, Maria aus Bahia" oder „Am Zuckerhut, am Zuckerhut da geht`s der Seniorita gut" geschunkelt.
An einem der letzten Sonntage haben wir, Erwin, Horst und ich uns die Segelregatta um die Insel Fehmarn in Ort angesehen. Es war sehr intressant und hinterher wurde draußen auf einer Tanzfläche unter freiem Himmel getanzt. Zu dieser Zeit hat wir aber nicht einmal Geld für den Eintritt. Unser karger Lohn langte gerade so für Zigaretten und auch da mußten wir uns sehr einschränken.
So langsam ging der Schulbetrieb nun zu Ende. Zwischendurch gabs auch noch eine Besichtigung einer Ziegelei in Burg.

Wir hatten in diesen 7 Wochen doch sehr viel gelernt. Mit Meister Zaijunz hatten wir aber auch einen sehr guten Lehrer.
Er war auch noch später Lehrer in Neustadt und Husum. Von Ihm wurden auch meine Söhne Harald und Holger und auch Tochter Helga, die Bundesweit die erste weibliche Ofensetzerin war, geschult.
Mir hatte Er zum Abschluß ein recht gutes Zeugnis ausgestellt. Bis`chen spannend wurde es aber doch noch als es hieß, die Fischerjungs würden uns auf dem Weg zur Bahn nach Putgarden abfangen und vermöbeln wollen. So etwas brachten meistens nur die kleinen Burschen aus der Unterstufe auf. Na ja, das war blinder Alarm denn da hätte schon eine ganz schöne Meute anrücken müssen um uns 20, doch ziemlich starken Kerle, in die Flucht schlagen zu können.
Im Jahr 1949 war dann die Gesellenprüfung die ich auch recht gut bestanden habe. Nach der Freisprechung ist es mir da aber garnicht gut gegangen. Wir 4 frisch gebackenen Gesellen haben die bestandene Prüfung im Clubhaus von „Teutonia Uelzen" nachgefeiert. Soweit ging es noch ganz gut, aber als Erwin Hübner auf die Idee kam jetzt als Gesellen müßten wir doch erst einmal eine dicke Zigarre rauchen ging`s in die Hose. Mir ist danach so übel geworden daß sie mich zur Bahn bringen mußten und in den Zug nach Bevensen gesetzt haben. Die ganze Strecke habe ich den Kopf aus dem Fenster gehalten.
Na ja, bald hat mich der Alltag wieder eingeholt. Es gab auch weiterhin viel zu tun. Vom ersten Gesellenlohn habe ich mir ein Fahrrad bei der Firma Krug gekauft. Ein schönes Rad mit gelben Felgen und roter Bereifung. Es hatte 128,- RM gekostet und wurde schon etwas in Raten abbezahlt.
Zum weiteren Berufsweg gehört auch die Episode mit den „Stoßgesellen" Horst Lux und Horst Behrens, von dehnen ich in einem speziellen Bericht erzählen möchte.   G.M.

- Die Stoßgesellen -

Im Herbst 1950 hatten wir sehr viel zu tun und so hat der Chef über das Arbeitsamt zwei Gesellen angefordert.

Dieses waren die so genannten „Stoßgesellen" die nur für eine Übergangszeit also der „Stoßzeit" eingestellt wurden.

Zunächst kam Horst Lux, den ich schon von der Berufsfachschule Lehmkenhafen her kannte. Etwas später fand dann auch Horst Behrens bei uns für einige Monate Arbeit. Er war 18 Jahre alt und hatte bei Meister Dietrich in Dahlenburg gelernt, also im wahrsten Sinne des Wortes ein „Junggeselle". Seine praktischen Kenntnisse waren auch noch nicht ganz so gut. Weiß noch, das Er zwar selbständig bei einem Kleinbauern in Höver einen Kachelofen umgesetzt hatte, aber wohl dazu einen zu mageren Lehm genommen hatte. Dieser Kachelofen hat dann auch nur einen Winter gehalten und wir mußten ihn zum nächsten Jahr noch einmal gratis umsetzen.

Horst Lux hatte da auch so seine Schwierigkeiten. Die älteren Kachelöfen hatten fast immer recht ausladende Obersimse. Beim aufsetzen mußte dann natürlich nach innen hin ein Gegengewicht geschaffen werden. Man setzte eine Ziegelplatte ein und gab darauf so viel Lehm bis das Übergewicht ausgeglichen war.

Horst Lux hatte dies bei seinem Onkel, dem Meister Harder in Lüneburg, wohl nicht so gut lernen können da Er kaum solch Öfen umgesetzt hatte. Bei einem Ofen in Emmendorf klappte bei Ihm ein solcher Simsaufbau absolut nicht und Er kam späht Abends gestreßt nach Hause.

Zunächst, so erzählte Er, hat die Bäuerin die einzelnen Simsstücke nach dem setzen mit fest gehalten. Bevor aber, zum Beispiel, das vierte Stück saß war das erste schon wieder lose.

Dann kam Horst auf die Idee, den Sims auf einer Platte auf dem Fußboden zusammen zu setzen. Sicherheitshalber hatte Er dann noch einen Strick herum gebunden. Mit Hilfe der Bäuerin wurde dann versucht, den kompletten Sims von der Platte auf die oberste Kachelschicht zu schieben. Als Er aber dann den Strick abgebunden hatte, fiel die ganze Geschichte auseinander wobei ein Stück auch noch zu Bruch ging. Na ja, lange Rede kurzer Sinn, am nächsten Morgen bin ich dann nach Emmendorf mit gefahren und habe Ihm beim Aufbau geholfen. Das konnten wir ganz unauffällig machen, denn ich selbst hatte bei Landwirt Burmester in Walmsdorf gearbeitet und Horst sollte nach Fertigstellung seines Ofens in Emmendorf sowieso bei mir helfen. So zwei bis drei mal habe ich Ihm auch später beim Simms setzen geholfen, danach hatte auch Er den Dreh raus.

Ansonsten war Horst Lux ein sehr pfiffiger Kerl, der besonders gern den jüngeren Horst reinlegte. Beide wohnten auch beim Meister und irgend einen Blödsinn heckte der große Horst immer aus.

So hat Er dem Kleinen so überzeugend erzählt wie Er beim Ofen reinigen das Innenleben des Ofen, also lose Steine, mit dem Staubsauger raus gesaugt hatte. Klein Horst saß vor Ihm mit offenen Mund und staunte. Oder ich kam ins Zimmer und Horst Lux sagte zu mir: „ Du Günther der Kleine glaubt tatsächlich daß es weiße Mäuse gibt!" Ich brauchte dann nur sagen, wieso denn daß ? und schon war der umgestimmt. So hat Er Ihm auch eingeredet daß es für Fahrräder keinen Kilometerzähler gibt, denn dazu braucht man natürlich einen Motor. Ein ziemlich starkes Stück hat Horst Lux sich auch geleistet als wir von Horst Behrens nach Ventschau eingeladen wurden.

Wir drei saßen am Mittagstisch bei einem sehr schmackhaften Schweinebraten. Mit einem mal fing Er an sich zwischen den Zähnen zu pulen. Mit spitzen Fingern legte Er etwas auf den Tellerrand. Dazu kam dann seine Bemerkung :" merkt Ihr denn gar nicht wie die Trichinen zwischen den Zähnen knirchen?" Die hat der Fleischbeschauer wohl nicht richtig raus gesucht." Der kleine Horst wurde wieder ganz hippelig und beruhigte sich erst wieder als ich sagte „ Nun ist es aber genug, das ist kein Spaß mehr."

So hatte Horst Lux immer Blödsinn im Sinn.

Mich hat Er auch einmal gewaltig rein gelegt. Als ich eines Abends nach Hause kam lag Er , anscheinend voll betrunken, vor dem Haus auf der Gartenbank. Wach habe ich Ihn nicht bekommen und liegen lassen konnte ich Ihn ja da draußen auch nicht. Es blieb also nichts übrig als Ihn über die Schulter zu legen und hoch zu tragen.

Hätte aber da bald merken müssen daß der Bursche markiert, den Er hielt die Beine so steif, daß wir immer an den einzelnen Treppenstufen hängen blieben. Auf seinem Zimmer dann hab ich Ihn auf das Bett geschmissen und ging daran seinen Schlips zu lockern.

*Habe dabei aber wohl aus versehen nach oben geschoben und Ihm
die Luft abgeklemmt. Er fing an zu prusten und rief. „ Du willst mich
doch wohl nicht abwürgen ? doch danke schön, daß Du mich nach
oben getragen hast. "
Ja, das waren die beiden Horste, unsere „Stoßgesellen".
Mitte Dezember wurden Sie entlassen, denn im strengen Winter gab
es nicht mehr so viel zu tun.
Dann später, zwischen Weihnachten und Neujahr, gab es meistens
Urlaub.
Im neuen Jahr haben dann der Altgeselle Max Wenzel und ich die
Arbeit wieder alleine bewältigen können.
Die Zeit mit den „Stoßgesellen" aber war nie langweilig, von daher
war es schade daß der Chef Sie nicht mehr eingestellt hat.* G. M.

Kachelofen - und Luftheizungsbauer Innung U e l z e n
(Erlebnisse im Beruf)

*Die beiden Gewerke , Kachelofen - und Luftheizungsbau, waren und
sind in der Innung U e l z e n zusammen geschlossen.
Ihr Bezirk umfaßt die Kreise Burgdorf, Celle, Gifhorn und Uelzen.
Firmen im Kreis Uelzen waren : Kachelofenbau - und Töpferei Hans
Stelzer, Kachelofenbau Hans Meier, die Gebrüder Koch aus Ebstorf
und Bienenbüttel und in Bevensen Töpfermeister Max Spindler und
Kachelofenbau Rudolf Müller, meine Lehrfirma.
Die Töpferei Hans Stelzer aus der Gudestraße hatte schon in diesen
50 - ziger Jahren sehr schöne und qualitativ gute Kacheln gebrannt.
Hans Stelzer Senior war in dieser Zeit Obermeister der Innung und
später sogar langjährig Kreis - Handwerksmeister.
Zwei bekannte Altgesellen möchte ich hier auch nennen und zwar
den Gesellen Jeroki von Firma Stelzer der auch Prüfungsgeselle war
und Altgeselle Kaiser von Firma Meier. Beides waren Sie sehr gute
Praktiker.
Lehrlingswart war damals Ofensetzermeister Kaltofen, (eigentlich
ein nicht so passender Name für einen Ofensetzer),aus dem
Gifhorner Kreis. Erinnere daß Er , wie die meisten Ofensetzer, sehr
trinkfest war. Später zum Beispiel, bei der Gesellen Freisprechung,
hat Er , mit uns an der Theke stehend , laufend bestellt und mit
gebechert. Ganz zum Schluß gab auch „Meister Kaltofen „ eine
Runde aus und war verschwunden. Wir armen „Junggesellen"
mußten dann unsere paar Kröten zusammen kratzen und die nicht
ganz unerhebliche Zeche bezahlen .Immerhin bekam ich damals im
letzten Lehrlingsjahr nur 12 DM plus freie Kost im Monat.
Möchte in der Folge nun aber auf die beiden Innungsmitglieder aus
dem Luftkurort Bevensen eingehen. Dabei brauche ich über meine
Lehrfirma Müller , aus dem Hagen 1 , wohl nicht mehr zu schreiben,
denn Sie kommt noch öfter in anderen Berichten vor.
Auch Meister Spindler habe ich zwar schon beim Rundgang durch
Bevensen genannt, möchte aber doch die kleine folgende Geschichte
über Ihn erzählen.
Meister Max Spindler machte fachlich sehr gute Arbeiten. Sein
Spezialgebiet war, unter anderem, der Bau von Mauer - Waschkessel.*

Da wurde dann nicht einfach, wie bei „Maurer - Kesseln", ein Außenring gemauert und der Kessel rein gehangen, nein es gab einen Rundzug der die Gase an die Außen Wandungen des Kessel gelenkt hat. Einen solchen Kessel hat Meister Spindler einmal bei einem Kunden in Medingen gesetzt. Zu gleicher Zeit arbeiteten zwei Maurer an dem zum Kessel gehörenden Schornstein. Na. Maurer haben ja meistens großen Durst. In dieser Hinsicht übertreffen Sie noch die Ofensetzer. Sie reden dann „von zu trockener Luft", oder „ zu viel Staub den die Anderen machen", kurz gesagt, Sie waren Meister im „schnorren".

All diese Andeutungen mußte sich auch Meister Spindler anhören, blieb aber standfest und ließ sich nicht erweichen einen aus zu geben. Da griffen die beiden „Durstigen" zu härteren Mitteln und packten den Ofensetzer bei seiner Ehre. Sie behaupteten daß sein Waschkessel sowieso nicht zieht und boten eine Wette um , na was schon, eine Buddel Schnaps an. Meister Spindler, von seinem Können überzeugt, willigte sofort ein. An einem Schnaps war auch Er nicht abgeneigt.

Nun kommt es, was tun unsere Maurer? In die letzte Schicht Ihres Schornsteins mauern Sie eine alte Glasscheibe ein ! Als es dann ans anheizen ging fing der Kessel natürlich an zu qualmen und bald war die ganze Waschküche blau. Meister Spindler wird ganz nervös, versucht dies und das, macht den unteren Schornsteinschieber auf und spiegelt hoch . Nichts im Wege, der blaue Himmel ist , natürlich durch die Glasscheibe, zu sehen. Also alles frei und trotzdem qualmt der Kessel ? Er weiß keinen Rat mehr. –

Darauf die Maurer : „Chef, wenn hier auf dem Kesselrand eine Buddel Schnaps steht, brennt der Kessel. Na was bleibt dem genervten Meister Spindler übrig, Er legt also ein paar Mark auf den Kesselrand. Der zweite Maurer nun, der noch auf dem Schornsteinrand stand, warf einen Mauerstein hinein, die Scheibe zersprang und der Waschkessel brannte wunderbar, so wie es sich Meister Spindler vorgestellt hatte. Diese Geschichte hat Er mir später oft erzählt und mußte schmunzeln.

Ja. Ja die Maurer, die wußten sich zu helfen. Habe noch von einem anderen Fall gehört. Als ein Elektriker Meister Ihnen auf einem Neubau keinen ausgeben wollte und Sie auch sonst kaum beachtete,

also den großen Chef raus kehrte, hat Ihm die Putzer Kolonne
sämtliche Steckdosen am Bau zu geputzt.
Besser war da schon wenn man sich mit Ihnen gut stellte.
Habe da später, als Selbständiger, und das war eigentlich auch
meine Art, nie Schwierigkeiten gehabt und natürlich fremde
Handwerker kollegial behandelt. Nach einer freundlichen Begrüßung
wurde ein kleiner Obolus da gelassen mit den Worten „ damit Ihr an
unserem Ofenfundament nicht verdurstet". Das hat sich immer
ausgezahlt nach dem Motto „ wie Du in den Wald hinein rufst,
schallt es heraus „. Als ich zum Beispiel später körperlich nicht mehr
so fit war, hat oft der Handlanger der Maurer auch mir meine
Materialien zu getragen.
Na ja, Kavaliere waren Sie oft auch, davon berichtete mir später
meine Tochter Helga, die seinerzeit mit die erste weibliche
Ofensetzer - Gesellin bundesweit war. Wenn bei Ihr manchmal
schwerere Arbeiten anfielen, und Ofensetzer ist ein schwerer Beruf,
standen Ihr die Burschen hilfsbereit zur Seite. Vielleicht spielte aber
auch eine kleine Rolle, daß Sie eine ganz hübsche Dirn war ?
Abschließend kann ich sagen, daß ich mit anderen Handwerkern und
hier speziell mit den Maurern durchweg gute Erfahrungen gemacht
habe.
So das soll es wieder einmal gewesen sein.
Weiteres aus meinem Beruf habe ich ja schon berichtet, oder in
andere Geschichten einfließen lassen.   G. M.

Römstedt unser Hauptdorf (Landwirte, Handwerker, MTV)

Römstedt war geschäftlich gesehen unser Hauptdorf und so möchte ich über dieses schöne Dorf einiges berichten.

Zunächst über die wichtigsten Bauernhöfe. Vorne an war Hof Meier dessen altes Haus abgebrannt war. Als Notbehelf wurde von uns ein provisorischer Bauernherd in der Futterküche aufgesetzt.

Im neuen Haus, daß ziemlich zügig aufgebaut wurde, haben wir dann einen neuen transportablen Küchenherd geliefert und den schönen grün - geflockten Kachelofen gesetzt. Die Hauptländereien von Bauer Meier lagen rechter Hand zum Wald Richtung Bevensen hin. Hier hat Altgeselle Max Wenzel einmal die Leute beim Rüben verziehen gefoppt als Er fragte: "Na wie ist es, habt Ihr noch viel zu tun" und Sie ganz treuherzig antworteten: " Ja, ja das ganze Stück dort noch". Darauf Max „ Na dann seht man zu daß Ihr fertig werdet". Danach mußten wir dann nur noch flüchtend den Steinwürfen entkommen.

Gegenüber von diesem Rübenfeld, an der linken Seite vor dem Wald lag, auf dem Land von Bauer Jakob , der alte Fußballplatz.

Bauer Jakob war nicht so ein ruhiger Zeitgenosse sondern meist ziemlich herrisch.

Der Hof hinter Meier gehörte Bauer Peters. Dies war eine sehr ruhige und nette Bauernfamilie wo sich auch die Mitarbeiter, sowohl Mägde und Knechte, sehr wohl fühlten.

Bei einer Arbeit auf Hof Peters erlebte ich folgende Geschichte.

Es war ein sehr warmer Sommertag. Landwirt Peters hat seine Jacke, mit einer wertvollen Taschenuhr, in die Diele gehangen.

An diesem Tag waren auch Zigeuner unterwegs und bettelten.

Als Herr Peters seine Jacke wieder an zog, fehlte die Uhr. Sofort wurde Dorfpolizist Lingen, der oben bei Stegen wohnte, gerufen. Es dauerte auch gar nicht lange da kam Er mit einer jungen Zigeunerin an. Er ordnete eine Leibesvisitation an, beorderte die Zigeunerin ins Wohnzimmer, stellte sich vor die Tür und überlies es Frau Peters sie zu durchsuchen. Ich habe im Raum daneben gearbeitet und hörte nur das dauernde Gekeife der Zigeunerin. Natürlich wurde die Uhr nicht gefunden. Oft wurden ja Zigeuner auch ungerecht verdächtigt. Zu dieser Zeit waren ja auch viele

Großstädter unterwegs um zum Beispiel Teppiche gegen Butter und Fleisch zu tauschen . Man hätte eigentlich ja auch sie verdächtigen können, oder?

Gegenüber von Hof Peters gab es die Landwirtschaft Schulz. Hier führte besonders eine Tante das Regiment. Sie war es auch die eines Vormittags, als wir erst gegen zehn ankamen, zu uns sagte: „Na Pütgers, jü hebt wohl verschlopen?". Als dann mein Meister, ziemlich laut zu mir rief, na Günther nun laß uns man rann hauen, ist ja bald Frühstückszeit, dann doch bald zu uns sagte:" Nu kümt man erst betten frühstücken „ Also im Herzen eine gute Seele, obwohl Sie durch Ihr kräftiges Äußere schon bis`chen wie ein „Spieß" wirkte.

Zusammen mit mir auf Hof Schulz hat seinerzeit auch der Senior Kalinowski gearbeitet und dort den Hof gepflastert. So viel ich erinnere war Er auch Flüchtling und hatte sein Geschäft in Pommern aufgeben müssen. Dies waren die ersten Schritte seines Neuanfangs der zu der heute sehr großen Straßenbaufirma führte die jetzt hier in Bevensen nun schon in der dritten Generation betrieben wird.

Man bedenke, damals fing der Senior mit einem Rucksack Geschirr und einem alten Fahrrad wieder an und wie steht die Firma Heute da! Eine gewaltige Leistung die es verdient noch in einem gesonderten Bericht gewürdigt zu werden.

Mitten im Dorf, hinter der Kirche, liegt der Hüwingsche Hof. Auch dort habe ich natürlich gearbeitet und in der guten Stube den Kachelofen um gesetzt. Bauer Hüwing kam mir, ich mach mich auch täuschen, immer so`n bis`chen wie ein kleiner Gutsherr vor.

Wie überall waren auch im oberen Bereich seines Hauses Flüchtlinge ein quartiert. Dort habe ich auch das erste Mal gesehen, daß für seine Flüchtlinge an der Hofseite des Hauses eine Extra Holztreppe angebaut war. Sicher war dies vielleicht praktisch aber, wie ich meine, auch eine gewisse Abtrennung. Jedenfalls erinnerte mich dieser Extraeingang an eine Reling am Dampfer.

Ein Mittelpunkt von Römstedt war natürlich Deumanns Gasthaus, eine sehr beliebte Kneipe. Auch mein Chef kehrte dort gerne ein und ich habe da oft zu Mittag gegessen, wenn es beim Kunden nicht so klappte. Frau Deumann machte einen gemütlichen Eindruck wo hingegen der Wirt mitunter sehr energisch sein konnte. Ihm machte es gar nichts aus, Störenfriede eigenhändig an die Luft zu befördern.

Auf der Ecke, neben der Gastwirtschaft Deumann lag das Menke-
Grundstück. Herr Menke war Stellmachermeister und führte einen
sauberen Betrieb. Der vordere teil seines Hauses war als Schmiede
ausgebaut und an Schmiedemeister Karstens verpachtet. Dort haben
wir für Römstedt und Umgebung unser ganzes Eisenmaterial für die
Kachelöfen arbeiten lassen und waren stets sehr zufrieden.
Herr Menke und auch Meister Karstens waren sehr gute Turner und
wohl auch führende Mitglieder des MTV Römstedt.
Erwähnen möchte ich auch die Zimmerei Schroeder, die zwar erst in
den 60-ziger Jahren gegründet,wurde aber ab da bald durch
besondere Leistungen auffiel.
In Lüneburg sollte eine Kirchturmspitze erneuert werden. Keiner
traute sich da so recht heran denn sie stand etwas schief und mußte
auch so wieder gefertigt werden. Für Meister Schroeder kein
Problem. Er fertigte die Turmspitze auf seinem Holz - Hof in
Römstedt an und so komplett wurde sie nach Lüneburg befördert und
per Kran aufgesetzt. Eine Spezialarbeit also, die von Firma
Schroeder prima bewältigt wurde.
Eine weitere Handwerksfirma war der Malereibetrieb Pohlmann.
Der Meister und besonders auch der Geselle Mathies waren
ebenfalls gute Turner. Zu dieser Zeit gab es in Römstedt noch zwei
Bäckerein und zwar die Firmen Stegen und Luther die auch über
Land fuhren und bis Bevensen lieferten. Hinter Bäckerei Stegen, in
Richtung Drögenotdorf war die alte Dorfschule. Kann mich erinnern
daß hinter dem Schulhaus ein wunderschöner Garten von Altlehrer
Lüdemann angelegt war. Na ja, Er hatte auch viel Zeit denn wegen
„Entnazzifizierung“ durfte Er leider nicht unterrichten.Das tat vielen
in Römstedt leid, denn Er war ziemlich beliebt.
Angestellt war damals eine ältere Lehrerin mit der ich es einmal
etwas verdorben hatte. Sie hatte, auf mein anraten hin. zum Ofen
blank reiben eine kleine Flasche Schnaps gekauft. Viel habe ich
damit nicht abpoliert sondern sie mit den zwei Malern von Pohlmann
zügig ausgetrunken.
Berichten möchte ich auch noch daß der zuständige Pastor Mahr für
die Römstedter und die angeschlossenen Kirchspiele ein sehr guter
Hirte war. Sehr bedauert wurde, daß Er später als Probst nach
Lüchow versetzt wurde. Na ja, ich will zum Schluß auch noch

gestehen, daß ich im Pastorenhaus gerne gearbeitet habe. Da gab`s
nämlich eine schöne blonde „Küchenfee", ein Waisenmädel. Leider
war Sie vergeben und ich konnte, trotz einiger Bemühungen, nicht
bei Ihr landen.
In Römstedt habe ich so ziemlich in jedem Haus gearbeitet. Die Leute
kannten mich inzwischen und waren durch weg recht freundlich zu
mir. Habe mich dort immer recht wohl gefühlt.
In jedem Dorf wo wir arbeiteten, hatten wir unsere spezielle
Lehmkuhle. Die Römstedter Lehmkuhle lag neben der neuen Schule
und sollte später ein sehr schöner Sportplatz werden.
In diesem Zusammenhang möchte ich auch etwas den MTV Römstedt
06 beschreiben , mit dem Gründungsjahr 1906 einer der ältesten
Sportvereine des Kreises Uelzen. Im Laufe seiner Geschichte hat er
Höhen und Tiefen erlebt. Es wurde sehr guter Turnsport geboten.
Besonders zu nennen sind hier die Turner Kastern, Menke und
Pohlmann. Herr Pohlmann war langjähriger 1. Vorsitzender.
Nach dem Krieg, im Jahre 1946 wurde auch wieder eine
Fußballmannschaft aufgestellt. All diese Aktivitäten wurden auch
vom damaligen Bürgermeister Herrn Menke tatkräftig unterstützt
und voran getrieben. Ich möchte aus meiner Sicht von den 50-ziger
Jahren berichten. Mit bedauern sah ich, wie die Römstedter meine
schöne „Lehmkuhle" mehr und mehr in Beschlag nahmen. Wollten
Sie doch tatsächlich daraus einen Sportplatz bauen. Zunächst dachte
ich, na ja, die werden sich schon daran die Zähne ausbeißen. Solch
Menge Erdreich, das ist doch wohl nicht in „Heimarbeit" zu
bewältigen. Aber da hatte ich mich gewaltig getäuscht. Mit Schaufeln
und Spaten gingen Sie ans Werk. Es wurden Schienen für
Lorenfahrzeuge verlegt und in vielen freiwilligen Stunden geschuftet.

Freiwillige Helfer beim Sportplatzbau. Mstr. Menke schaut zu ???

*Endlich dann war im Jahre 1951 das Prachtstück fertig. Die
Einweihung war sehr gut organisiert, mit Umzug, Pokalspielen und
abendlichem Tanzvergnügen.*
*Zum Pokalspiel wurden die Vereine der Umgebung eingeladen.
Erinnere an Masbruck - Havekost, Jastorf, Jelmsdorf, Weste und die
zweite Mannschaft von „Union“ Bevensen. Habe selbst als
Rechtsaußen in der Bevenser Zweiten mitgespielt.*
*Wir haben auch gegen Römstedt das Eröffnungs- bezw.
Einweihungsspiel bestritten.*

Einweihung des schönen

neuen Platzes (vorne als

Fahnenträger , eine Gilela

und Turner Mathies.)

*An folgende Spielernamen von Römstedt kann ich mich noch
erinnern: Mittelläufer Stark, die Meier Brüder aus Drögennotdorf,
Elektriker Schenk , Schneider Sühl und ein Schustergeselle, der mein
Gegenspieler war. Ein gewisses „Orginal“ war ja wohl auch
Schneidermeister Sühl Senior. Kann mich entsinnen, daß Er vor
Aufregung kaum eine halbe Stunde an einem Platz stehen konnte und
nervös um den Platz gegangen ist.*
*Im Jahre 1959 wurde dann aber noch ein zweiter Sportplatz gebaut,
da aber dann wohl schon mit Hublader und Trecker. Warum kann
ich mir so recht nicht vorstellen. Vielleicht ist der alte Platz zu klein
gewesen , oder aber Herr Hack war guter Dinge Herrn Weiweiler als
Trainer verpflichten zu können (Siehe sein Interview in den U S A)*

Der Bau des zweiten Sportplatzes

Herr Menke, in jeder Beziehung Vorturner. (im Festzelt 1956 hinter Deumanns Wirtschaft.

Soweit meine Erinnerungen an Römstedt, seine Bewohner und Sportler. Hier paßt noch alles zusammen und ich wünsche mir, daß es so bleibt.   G. M.

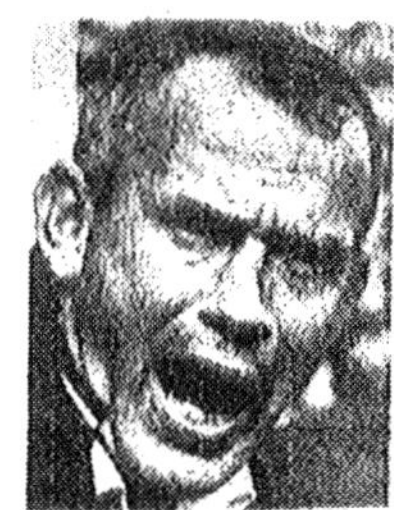

Hennes Weisweiler meint :

Es darf wieder gestürmt werden.

Hack : Herr Weisweiler, wie man in den USA hört, haben Sie Intresse im nächsten Jahr den MTV zu übernehmen ...

Weisweiler: Nun mal langsam ! Ich habe vor der Serie lange Gespräche mit dem Vorstand des MTV Römstedt , vor allen Dingen mit Alex geführt, leider hat man dann aber Herrn Poppe den Vorzug gegeben.

Hack : Lag es vielleicht auch daran, daß Sie Ihre Zusage, Herrn Netzer für den MTV loszueisen nicht einhalten konnten ?

Weisweiler: Das lag nur an Herrn Netzer, der hatte Befürchtungen daß Er den hohen Erwartungen des MTV nicht entsprechen konnte und wird lieber bei „Real Madrid" unterschreiben.

Hack: Sehen Sie da irgend noch eine Ursache?

Weisweiler: Nun ich glaube auch, daß Herr Poppe die Gegner in der Heide besser kennt . Ein ganz entscheidender Punkt ist wohl der, daß ich kein Plattdeutsch kann !

Hack: Was hätte Sie an der Arbeit beim MTV gereizt?

Weisweiler : Na. endlich kein Kunstrasen mehr, sondern der auch in den USA berühmte Römstedter Rasenteppich, außerdem erstklassige Trainingsbedingungen.

Hack : Und finanziell ?

Weisweiler: Darüber spreche ich nicht.

Hack : Vielen Dank für das Interview.

Anmerkung : Die Erlaubnis dieses Interview zu veröffentlichen habe ich von Herrn Hack erhalten, der es übrigens an einem 1. April aufgenommen hatte.

G. M.

T S V - Medingen

*Der Medinger - Turn - Sport - Verein, T S V, hatte eine recht gute
Fußballmannschaft die allerdings nur in der untersten C-Klasse
spielte. Mit in dieser Gruppe waren so Mannschaften wie :
Allenbostel, Jastorf, Jelmstorf, Masbrock-Havekost, Altenmedingen
und Weste. Alles durch weg gleichwertige Mannschaften, so daß es
immer knappe Ergebnisse gab.
Unser Geselle Max Wenzel, der im Kloster Medingen wohnte, hat
mich bekniet auch dem T S V bei zu treten, was ich dann auch tat.
Rückblickent betrachtet war dies eine schöne Zeit mit guter
Kameradschaft.
Unser Fußballplatz lag hinter der Mühle „Hinze" auf einer Wiese
zwischen Ilmenau und Spechtsgang. Bei Spielen mußten immer einige
Ersatzspieler vor das Ufer der Ilmenau postiert werden und trotzdem
landete der Ball oft im Wasser.
In der Mannschaft haben wir drei Günther`s uns besonders gut
verstanden sowohl spielerisch wie auch privat. Günther Schmahl war
rechter Verteidiger, Günther Gnatner rechter Läufer und ich spielte
rechter Stürmer. So liefen unsere Angriffe auch meistens über die
rechte Seite. Am Schluß der Serie lagen wir, hinter Allenbostel auf
dem zweiten Platz. Leider hatten wir unser letztes Spiel gegen
Altenmedingen 1 : 0 verloren und aus war es mit dem Aufstieg in die
B - Klasse.
Unsere Stammkneipe war natürlich „Mallunat". Dort wurden dann
Siege und auch Niederlagen begossen. Meinen Einstand werde ich so
leicht auch nicht vergessen. Gastwirt Mallunat, ein echter Ostpreuße,
stellte den „Bärenfang" selbst her und der hatte es in sich.
Der Wirt schenkte auch jedem Neuling großzügig nach und wartete,
verschmitzt hinter der Theke sitzend, auf die ersten Reaktionen.
Er brauchte nicht lange zu warten. Der Schnaps war sehr schön
süffig und lief wie geölt die Kehle runter. Aber dann, nach dem
ersten Austreten, kam die Wirkung. Es war wie ein Schlag vor den
Kopf, mir wurde schwummerig sank im Sessel zusammen und döste
seelig vor mich hin. Hörte noch den Gastwirt wie in weiter Ferne
fragen: „ Na Mann`che, was is? Kannst wohl nich viel vertragen ? „
Na ja, das nächste mal war ich vorsichtiger.*

Vom Sportverein aus wurde auch Einiges unternommen. So sind wir , an einem schönen Sommertag mit Fahrrädern nach Lauenburg gefahren. In einer Wirtschaft, am Hohnsdorfer Elbufer wurde Mittag gegessen. Danach in der Elbe gebadet und dann das Städtchen Lauenburg mit dem Schloßberg besichtigt. Von dort oben hatten wir eine schöne Aussicht auf die schöne Elblandschaft.

Dann ging`s langsam auf den Rückweg und so sind wir, nach diesem schönen Tag, erst im dunklen wieder in Medingen angekommen.

Zu den Punktspielen hat uns meistens Fuhrunternehmer Gerhard aus Bevensen gefahren. Er nahm grundsätzlich pro Person eine Mark, was ja für meist jeden gut erschwinglich war. Manchmal sind aber auch wir Ledigen für Leute mit knappen Kassen eingesprungen. Weiß aber auch, wie wir zum Spitzenreiter Allenbostel mit den Fahrrädern hin gefahren sind, eine Packung von 7 : 3 kassierten und dann müde den doch weiten Weg wieder nach Hause gestrampelt sind.

Sehr schön waren immer die Pokalspiele. Gegenüber vom Sportplatz, auf der anderen Uferseite der Ilmenau, wurden sogar ein Karrusell und andere Kinderbelustigungen auf gestellt. Mit einer „Fähre“, einem großen Eisenboot,wurde hin und her gependelt. Es war ein sehr erfolgreiches Fest das sogar einen kleinen Überschuß in die Vereinskasse brachte.

Unseren größten Erfolg hatten wir beim Pokalspiel in Jelmstorf mit einem zweiten Platz unter 8 Mannschaften . Dafür gab es einen kleinen schönen Holzpokal.

Zu dieser Zeit hatten wir auch einen recht guten Trainer, den Herrn Sterseck, der nach eigenem Bekunden schon beim „Breslauer SV „ gespielt hatte. Zu mir hatte er einmal gesagt: Beim Training bist du ein Faulpelz, aber gegen dein Spiel ist nicht so viel auszusetzen.

Na ja, zum Training hatte ich auch nicht viel Lust, war da meist auch zu müde zu, denn der Ofensetzer Beruf war schon recht schwer.

Das Fußballspiel als solches machte mir schon viel Spaß und ich freute mich schon die ganze Woche darauf. Habe meistens sogar schon ab Donnerstag kaum geraucht um für das Spiel mehr Luft zu haben. Das war natürlich Blödsinn, denn ich hatte trotzdem meistens die erste halbe Stunde im Spiel mit Atemnot zu kämpfen .

*Hart wurde oft, sogar bei Freundschaftsspielen, gegen die zweite
Mannschaft von B S V „Union" gespielt. Die Rivalität war hier
schon ziemlich groß, was besonders auch ich merkte der ich ja
Bevenser war.*
 *Nach Bevensen ging später auch unser Trainer Sterseck
Die Pacht für den „Wiesen - Fussballplatz" lief aus und so
allmählich löste sich der TSV-Medingen auf. Auch ich bin dann zum
BSV Union gegangen und habe unter Sterseck mit der Zweiten in der
B - Klasse gespielt. Zur Ersten hatte es da bei mir nicht gereicht, die
spielte zu dieser Zeit schon in der Heide - Liga.
Trotzdem möchte ich meine Fußballeranfänge beim T S V Medingen
nicht missen. --- Es war eine schöne Zeit ---*   G. M.

Beim Sportfest in Jelmsdorf:

Die drei G ü n t h e r s :
Gnatner, Müller, Schmahl

*Rast vor Gasthaus „Vier Linden „ von Familie Mallunat.
Dahinter links, Haus von Körtge und vorne rechts Pension Dreyer.*

Bilder zum Bericht: T S V Medingen.

Luftkurort Bevensen - Medingen (Lüneburger Heide)

Luftkurort Bevensen-Medingen,   (Ilmenau vor Bevensen)

Luftkurort Bevensen - Medingen --- K l o s t e r ---

Luftkurort Bevensen - Medingen --- P a c h t h o f ---

MTV und BSV „Union" / Bevensener Sportvereine.

*Ab 1947 war ich in Bevensen als Ofensetzer - Lehrling beim
Ofensetzer und Namens - Kollege Müller, im Hagen 1 tätig.
Natürlich intressierten mich auch die Sportvereine MTV und „ Union
Bevensen von dehnen ich aus den 50.ziger Jahren auch einiges
berichten möchte.
Im Frühjahr 1946 hatten sich die Fußballer vom MTV los gelöst.
Die MTV Herren - Handball - Mannschaft trat im Herbst der
„ Union" bei, gewissermaßen ein „Wechselspiel". Auch eine
Handballdamenmannschaft wurde aufgestellt. In der
Damenabteilung gab es noch nicht so viele Gegnerinnen aber bei
den Herren lief schon ein reger Spielbetrieb ab.
Kann mich da zum Beispiel an ein rasantes Spiel gegen Dannenberg
erinnern. 1948 wurde sogar gegen Eimsbüttel gespielt wovon das
folgende Bild zeugt . Nenne hier vorab einmal die Namen der
Spieler: Union (weiße Hemden), obere Reihe von links: Bartling,
Frankl, Baumgarten, Fee, Witte, Hübner. Kniend : Nagel, Maak,
Gasper, Kieksee und Bartheidel.*

*Bereits im Frühjahr 1951 wurden aber leider die Handball
Mannschaften wieder aufgelöst. Ab da wird wohl auch in Bevensen
wieder streng nach MTV = Männerturnverein im wahrsten Sinne des
Wortes und BSV „ Union" getrennt. BSV „Union" betreibt zu 90 %*

Fußball , kleinere Sparten wie Tennis uns Schach halten sich nicht sehr lange.
Im Fußballbereich werden aber in dieser Zeit sehr schöne Erfolge erzielt. Kann mich sehr gut an das spannende Entscheidungsspiel zur Bezirksklasse erinnern, in dem sich die Erste durch ein 1 : 1 in Bodenteich den Aufstieg sicherte. Auch hierüber gibt es ein Gruppenbild mit Gegner.
BSV mit weißen Hemden: obere Reihe von links nach rechts: Schulz, Kleiner, Gröschler, Huth, Lüdemann, Neumann, Pohle, Ziegler.- Untere Reihe: Greskowiak, Petereit und Oetzmann.

In der Bezirksklasse wird „Union" 1950/51 überlegen Meister und steigt schließlich in die Heideliga auf muß aber zunächst aus dieser starken Klasse wieder absteigen.
Dort wird dann die Erste in imponierender Leistung , mit einem Torverhältnis von 106 : 39 wieder Meister. Von den geschossenen Toren erzielten allein Kleiner 35, Schulz 22 und Purwin 19 Treffer.
Zwei Jahre spielte die Mannschaft Verbandsliga (Heideliga).
Dann erneut der Abstieg in die Bezirksklasse wo sie sich lange recht gut halten konnte und überwiegend gute Plazierungen erzielte.

*Hier noch einmal ein Bild von dieser guten Mannschaft und
nachfolgend die Namen:
Von links: Betreuer H. Schmidt, E. Tietz, G. Purvin, W. Lüdeman,
B. Kaletta, R. Kleiner, G. Brunhöber, A. Stark, E. Wendefeuer,
C. Pohle, H. Schulz und F. Neumann.*

*Nun beginnt leider langsam und stetig die Talfahrt und endet 1965
mit dem Abstieg in die Kreisklasse. Aus dieser Klasse, heute
Kreisliga ist „Union", im Jahr 2004 endlich in die Bezirksklasse
aufgestiegen. Es bleibt zu hoffen daß es weiter bis zur Bezirksliga
aufwärts geht wo BSV „Union" ja wohl auch hin gehört.*

*Abschließend möchte ich aber doch einige persönliche Erinnerungen
an „Union" erzählen. Ein besonderes Ereignis war ein Sportfest zu
dem Max Schmeling eingeladen war und das Hauptspiel eröffnete.
Siehe nachfolgendes Bild:*

Nach solch ereignisreichem Tag war dann Sportlerball im Hotel „Stadt Hamburg" bei Dreuseches.

Auch die „Grün - Weiß" Maskerade hat immer für Frohsinn und Zusammenhalt gesorgt.

Ich selbst habe nur kurz, nach meiner Zeit beim SV Medingen, in Bevensen Fußball gespielt und war bis 1954 zwei Jahre beim TSV Gr. Hesebeck, auch eine schöne zeit. Für ein Jahr ging ich beruflich nach Lüchow und hab dort auch in der Zeiten mitgespielt. Nach der Rückkehr Anfang 1955 nach Bevensen habe ich mich dann endgültig der BCV „Union" angeschlossen. Mitspieler zu dieser Zeit waren: Alfred Linse, Albert Becker, Hans Ziegler, Fritz Piwoda und Andere. Wir haben da in der damaligen B - Klasse allerdings keine zu „großen Bäume „ ausgerissen. Nach dem Spiel wurden Sieg oder Niederlage begossen. Oft wurde auch Skat gespielt.—Besonders entsinne ich mich da an ein Spiel als Alfred Linse einen Grand ohne zwein haushoch verlor und „Schneider schwarz" wurde. Ein Gegenspieler hatte die beiden alten Jungs dagegen und war zu dem noch am Anspiel. Na ja, Alfred war damals wohl noch Anfänger, Heute würde Ihm das wohl nicht passieren.

So dies sind so meine Erinnerungen an schöne Jahre im Luftkurort Bevensen. Wer genauere Einzelheiten über den BSV „Union" erfahren möchte kann es sehr gut in der „Festschrift zum 75 jährigen Bestehen 1912 - 1987 nachlesen.

T S V „Einigkeit „ Gr. Hesebeck - Röbbel .
(Pokalspiel beim S V Eddelstorf)

In vorgerückter Stunde bei einem Sportlerball in der Scheune von
Landwirt Carl Friedrich Bautsch , im Jahr 1952, gaben Willi
Zegaschewski und ich die Zusage zum T S V Gr. Hesebeck zu wechseln.
Willi hat am nächsten Tag allerdings einen Rückzieher gemacht,
obwohl Er erste Wahl war. Ich fühlte mich verpflichtet mein Wort zu
halten und habe es danach auch nicht bereut.
T S V Gr. Hesebeck - Röbbel spielte von 1950 bis 1957 in der
A - Klasse und hatte eine gute Mannschaft.
Nach zwei Probespielen in der Zweiten gegen Linden Zweite und gegen
Lüder bekam ich meinen Stammplatz als Rechtsaußen in der ersten
Mannschaft.
Zu dieser Zeit hatte der Verein auch noch eine gute Damen - Handball
- Mannschaft die zum Beispiel in den Jahren 1947 und 1948 die
Kreismeisterschaft in der B - Klasse erspielt hatte. Mit dem Wegzug
einiger Flüchtlingsmädels fanden sich leider immer weniger Damen
bereit Handball zu spielen so daß die Mannschaft abgemeldet werden
mußte.
Unsere erste Fußball Mannschaft hielt zu dieser Zeit immer einen ganz
guten Mittelplatz . Gegner in dieser Klasse waren zum Beispiel :
Sportclub Uelzen 2 , Ebstorf, Himbergen, Lüder und Linden.
Recht intressant waren auch immer die Pokalspiele, zum Beispiel in
Natendorf, Jastorf und besonders in Eddelstorf.
Dort wurde alle zwei Jahre der , meiner Meinung nach, Volksbank-
Pokal zwischen Eddelstorf, Himbergen und Bevensen ausgespielt.
Da Bevensen zu stark wurde, sie spielten zu dieser Zeit ja in der
Verbandsliga, wurde die Mannschaft für das Pokalspiel in Eddelstorf
zurück gezogen.
Für Bevensen sind dann wir Gr. Hesebecker eingesprungen und haben
den Mittelplatz belegt. Eddelstorf hatte zu dieser Zeit auch eine gute
Mannschft, wo besonders der Spieler Alfred Richter und Torwart
Rudolf Burmester herausragten. Beide waren dann auch in einer
Kreisauswahl aufgestellt, die in Himbergen gegen Teutonia Uelzen
spielte , die immerhin kurz zuvor den Sprung in die Oberliga knapp

verpaßt hatten. So war es ja dann auch kein Wunder, daß die
Kreisauswahl klar verloren hat.
Sehr gemütlich ging es in Gr. Hesebeck immer bei Sportfesten zu.
Es war viel Betrieb auf dem etwas abschüssigen Sportplatz an der
Bevensener Chousse. Sogar eine Schießbude war aufgestellt wo ich
einen vorderen Preis geschossen hatte. In der Clubgastwirtschaft
Schmidt wurde dann ausgiebig gefeiert.
Im Frühjahr 1954 habe ich mich beruflich nach Lüchow orientiert.
Aufregend war da die Fahrt zum Vorstellungsgespräch an einem
Sonntag Morgen. Herr Schönke Senior hatte mir und dem Fahrer,
einem Gesellen von Max Bernhard, seine neue DKW 200 dafür
geliehen. In einer sehr scharfen Kurve der „Kaffeemühle „ bei Clenze
konnte der, doch etwas schmächtige, Bäckergeselle die Maschine nicht
halten und wir rutschten ins Kiesbett. So sehr viel ist am Motorrad zum
Glück nicht beschädigt worden, es war jedoch sehr, sehr ärgerlich für
alle Beteiligten. Wir sind dann auch noch eine viertel Stunde zu späht
zum Spiel gegen Ebstorf gekommen und um den Ärger komplett zu
machen gab`s dann noch eine „Packung" für uns.
Bald danach bin ich dann nach Lüchow gewechselt und habe dort ein
Jahr als Fliesenleger gearbeitet. In dieser Zeit spielte ich beim
Lüchower SV in der Zweiten.
Anfang 1955 ging`s wieder zurück nach Firma Ofen-Müller nach
Bevensen. Hier habe ich mich allerdings bei BSV - Union angemeldet
was mir Max Bernhard, der damalige 1. Vorsitzende des TSV Gr.
Hesebeck sehr übel nahm. Wollte aber zum Schluß meiner
„Fußballerlaufbahn „ nicht mehr außerhalb spielen.
Na ja, lange habe ich dann nicht mehr Fußball gespielt. Habe bei
Hoburg in Sasendorf eine nette Dirn aus Edendorf kennen gelernt und
Sie im April 1956 geheiratet.
Wir haben in Medingen , bei Pension Klauke, eine gemütliche kleine
Wohnung gefunden, was seinerzeit nicht so einfach war.
So bin ich schließlich auch an die erste Stelle meines Fußball spielens
zurück gekehrt.
Im letzten Bericht dieses Buches möchte ich auch über die glückliche
Zeit des Anfangs unserer Ehe berichten , der den Untertitel
„Kindermund" tragen wird.

Hier nun einmal zwei Bilder der Mannschaft der 50-ziger Jahre vom T S V „Einigkeit" Gr. Hesebeck - Röbbel :

Stehend von links nach rechts : G. Mühle , B. Hinrichs , H. Strampe ; W. Grote ; E. Hollasch ; H. Behne ; R. Kallnischkius ; A. Leupold . Kniend : E. Werner ; H. Hopp ; W. Hinrichs .

Mannschaft nach Aufstellung: Tor = H. Hopp ;
Verteidigung = W. Hinrichs ; E. Werner ;
Leufer = H. Strampe ; W. Grohte ; R. Kallnischkies ;
Sturm = A. Leupold ; G. Behn ; E. Hollasch ; B. Hinrichs ; G. Mühle.

Kenner des Kreisfußballs werden feststellen daß dies eine sehr starke Mannschaft war, die sich in der A - Klasse gut behaupten konnte.

SV Eddelstorf e. V. von 1920

Einzelheiten über den S V Eddelstorf entnehme ich der Cronik von
Georg Strobel, die Er zum 50-jährigen Bestehen des SV geschrieben
hatte.
Zu sprechen kommen möchte ich also, wie allgemein in diesem Buch,
auf die 50-ziger Jahre.
Der Tag der „Wiedergeburt" des Vereins, nach dem schrecklichen
Krieg, war der 24. 4. 1946. An diesem Tag wurde Müllermeister
Fritz Hübner zum 1. Vorsitzenden gewählt und hat diesen Posten 10
lange Jahre inne gehabt. Seine besondere Art beschreibt Georg
Strobel sehr gut, so daß ich diese Passage seiner Cronik übernehmen
möchte. Er schreibt: „Wer kennt Fritz Hübner nicht, den immer um
den Sport bemühten Mann, der leider durch seine Verwundung aus
dem 1. Weltkrieg nicht aktiv Sport betreiben konnte. Der aber durch
Begeisterung und Fachkenntnisse, mitunter aber auch durch harte
Kritik, seinen Verein sicher und erfolgreich durch die harten
Nachkriegsjahre hindurch steuerte. Ihm sei an dieser Stelle ein
ehrendes Gedenken gewidmet." Dem ist nichts weiter hinzu zu fügen.

Abschließend hier nun noch ein Bild „seiner" Mannschaft:
 N a m e n stehend von links : Fritz Hübner, Alfred Richter,
Theodor Beeken, Werner Mohrmann, Friedrich Meyer, Wilhelm
Oetzmann, Willi Salewski, Rudolf Brackmann und Heinz Mager.
Sitzend: Arnold Burmester, Rudolf Burmester, Karl-Heinz Meyer.

G. M.

Über zwei wichtige Sparten möchte ich aber doch noch berichten.
Heraus geschält hatte sich hier besonders die Volkstanzgruppe, die
von Frau Rusch ins Leben gerufen wurde. Ein Höhepunkt war das
Heideblütenfest in Ammelinghausen. Dort wurde in dieser Zeit
gerade der Film „ Wenn die Heide blüht „ gedreht.
Eingeladen dazu wurde auch die Vierer - Tanz - Gruppe mit Regina
Hesekorn, Marianne Petersen, Richard Möwes und Günther Röber
die in einer wichtigen Kirmiszene den „ Kreuzkönig - Tanz „
vorgeführt haben. Einen sehr ansehenswerten, schwungvollen Tanz
und ein schöner Erfolg für diese Tanzgruppe.
Auch mit vorn in der Erfolgsliste stand die Turnergruppe. Hier ist
besonders der Turner Gerd Stahlschuß hervor zu heben. Er hat sich
vom Mitturner an Turnabenden so in den Vordergrund geturnt, daß
Er Niedersachsenmeister wurde und sogar an der
Olympiaausscheidung teilgenommen hat. Sehr beachtlich war auch
die Turnerinnen - Abteilung mit Resi Kayser und Gerda Wiese an der
Spitze.
Nach dem Krieg ging es zunächst aber im Fußball aufwärts. Die
erste Mannschaft wurde eine schlagkräftige Elf mit einem guten
Namen (siehe Mannschaftsbild).
Auch auf kulturellen Gebiet kam es zu erfreulichen Leistungen, und
so wurde der Sportverein schließlich so beliebt, daß man sagen
konnte, das ganze Dorf ist als große Familie im Verein vereint. Dies
war besonders bei den „ Bunten Abenden „ der Fall, die regelmäßig
vor dem 1. Advent durchgeführt werden und sich großer Beliebtheit
erfreuen.
Es darf also festgestellt werden, daß die Arbeit im SV Eddelstorf sehr
vielseitig war, für jung und alt, zum Wohle der Dorfgemeinschaft.

„ *Orginale* „ *aus Bevensen und Umgebung.*

Über einen der Bevenser „ Orginale „ dem Meister Rudolf Müller
habe ich schon berichtet.
Weitere , auf Ihre Art nette ältere Herren , möchte ich aber doch
noch hervorheben.
Zunächst wäre da „Kannickel - Meier „, wohl so genannt weil Er
ziemlich viel Kanninchen in seinem Stall im Bäckergang hatte.
Liebevoll wurde Er aber auch „Klingel - Meier „ genannt weil Er
Ausrufer der Stadt Bevensen war. Das ging dann folgendermaßen
vonstatten . Nach kräftigem bimmeln mit einer größeren Glocke
erklang dann seine kräftige Stimme : „ Bekannt - Machung ...
Bekannt -Machung ! -- Jeder Bewohner ab 21 Jahre hat im Laufe der
nächsten Woche seine 40 DM Kopfgeld abzuholen ! „ – Dann
klingelte Er noch einmal und ging zur nächsten Ausruferstelle.
„Klingel - Meier „ war auch ein sehr aktives Mitglied beim BSV
„ Union“ und fuhr sehr oft zu Auswärts - Spielen mit.
Wenn Er an der Barriere des Spielfelds stand und seinen Bevensern
zu sah, war es ratsam etwa einen Meter Abstand zu Ihm zu halten.
Er spielte im Eifer des Gefechts richtig mit und trat heftig um sich.

Dafür bekannt war auch Müller - Meister Fritz Hübner aus
Eddelstorf. Auch Er ging beim zu sehen voll im Spiel auf und kickte
kräftig mit. Er war in Sportlerkreisen sehr beliebt und tat alles für
seinen SV Eddelstorf.

Auf etwas andere Art hat sich Schneidermeister Sühl Senior aus
Römstedt abreagiert. Es ist mir bei einem Spiel von Bevensen Zweite
gegen seine Mannen aufgefallen , da hielt Er es keine 10 Minuten auf
einem Platz aus und ist während des Spiels ca. drei mal um den
ganzen Platz gelaufen. Natürlich wurde geskuliert und geschimpft
wenn Ihm etwas nicht paßte, wobei Er besonders seinen Sohn im
Visier hatte.
Natürlich gäbe es noch über einige orginelle Typen zu berichten.

*Erinnern möchte ich da nur an Maurermeister Krumwiede, Senior
Verthein oder Malermeister Bünde der, ähnlich wie auch
Töpfermeister Spindler, immer mit dem Fahrrad unterwegs war.
Es gab also durchaus , besonders in diesen 50 - ziger Jahren , sehr
honorige Handwerksmeister so daß es schwer fällt hier einzelne
besonders hervor zu heben. Werde aber doch über Einige noch
speziell im Zusammenhang mit dann Ihrer eigenen Geschichte
erzählen.
Hier möchte ich abschließend nur noch Bierverleger Damman aus
der Brückenstraße nennen der das herrliche „St. Pauli - Bier „
vertrieben hat. Er belieferte mit seinem Pferdegespann, einem
Schimmel und einen Rappen , die Gastwirtschaften der näheren
Umgebung Bevensens.
Da konnte es dann vorkommen, daß Er auf seinem Kutschbock
einschlief und seine Pferde Ihn ganz alleine nach hause fuhren.
Schlecht war es nur, so hat Er es mir einmal erzählt, daß die Gäule
an jeder Gaststätte automatisch anhielten. Übrigen mein Chef Rudolf
Müller hat mir einmal im Scherz ähnliches auch von seinem
„Tempo“ Dreirad Kleinlaster erzählt.
Soviel über Orginale die mir auf Anhieb so einfallen.
Ansonsten, so finde ich, sind wir ja irgendwie alle Orginale.
Ob aber orginell steht da aber auf einem anderen Blatt.*

G. M.

*„ Tempo“ Dreirad,
Kleinlaster von
Rudolf Müller
Bevensen
Im Hagen 1*

Meister Rudolf Müller --- Ein Bevenser Orginal ---

Am 01. 01. 1947 beginnt meine Lehre als Ofensetzer bei Firma
Rudolf Müller im schönen Bevensen, nach 1 ½ jähriger
Zivilgefangenschaft in Rußland.
Die Lehr - und dann langjährige Gesellenzeit hat mich für`s spähtere
Leben geprägt und war Grundlage für die dann folgende
langjährige Selbstständigkeit.
Diese Geschichte möchte ich meinem Lehrmeister Rudolf Müller, bei
der Kundschaft auch liebevoll „Lehm - Rudi" genannt, widmen.
Es gab da einige lustige Begebenheiten die es , meiner Meinung nach
, verdienen festgehalten zu werden. So zum Beispiel meine erste
Arbeitsstelle als Lehrling , die auf Hof Hoburg in Sasendorf war.
Nach getaner Reinigungsarbeit gab es da ein richtiges
Bauernfrühstück, in der damals knappen Zeit eine richtige Wohltat.
Frau Hoburg , eine nette resolute Frau, hatte Spiegeleier in die
Pfanne geschlagen, für mich ein Festessen. Auch in spähteren Jahren
gab es bei Hoburgs immer ein schmackhaftes Mittagessen und
grundsätzlich Pudding als Nachspeise. Bei fast allen Bauern gab es
für die Handwerker damals Mittagessen.
Meister Müller hat da mitunter auch etwas nachgeholfen. So zum
Beispiel bei Mutter
Schulz in Römstedt, dem Eckhof gegenüber der Gastwirtschaft
Deumann.
Meister und ich kamen Vormittags, etwa 10 Uhr, an. Mutter Schulz
bemerkte ironisch „na, jü häbt woll verschloopen?" Darauf der
Meister: „ Na Günther nun laß uns mal rannhauen, ist ja bald
Frühstückszeit". Mutter Schulzen stutzte, ging zur Küche und rief
nach kurzer Zeit,
„ Na da kümt man erst betten frühstücken „
Ja so war Püttger Müller, nie um eine Ausrede verlegen.
Sein „Meisterstück" hat Er sich kurze Zeit spähter bei Bauer Täger
in Strohte geleistet.
Wir hatten dort, in der guten Stube, einen schönen Kachelofen
umgebaut. Die Beheizung dieses Ofens erfolgte von der großen

Bauerndiele aus und sollte mit einer zwei Meter breiten Kachelwand verkleidet werden. Kacheln waren zu dieser Zeit noch knapp und der Brand fiel auch nicht immer gut aus. In diesem Fall hatte der Chef aber wohl zweite Wahl bei Töpfer Stelzer in Uelzen eingekauft. Die Glasur sollte „ blau - geflockt „ sein. Aber Herje, was waren das für Farben ? Das ging von blau - über grün - bis braungeflockt! Habe beim auslegen der Kacheln kapituliert und bin nach Hause gefahren. Meister Müller tat ganz erstaunt und kam am nächsten Tag mit nach Strohte. – So nun kommts – Er nahm die Kacheln vom Stapel auf und legte sie so wie sie kamen nebeneinander hin, also bunt durcheinander. Mutter Täger und ich sahen erstaunt zu. Nun kam seine Erklärung—Also Mutter Täger diese Kacheln sind speziell für Euch gebrannt und wie Du siehst ist das „Kunstglasur“. Nicht so eintönig gleichmäßig wie eine Industriekachel. – Diese Kachelfläche lebt ! Ihr habt ja auch nicht so aalglatte Schränke auf dem Flur. Passend zu Euren rustikalen Schränken muß ja dann wohl auch die Kachelfläche sein? --Verdutzt sahen wir uns an. – Als spähter die Kachelwand aufgebaut war, mußte ich zugeben, daß sie garnicht so dämlich aussah. Es kam ja dann auch in Mode rustikale Kachelöfen zu bauen. - Ein Wahlspruch von Püttger Müller war ja auch :“ es muß alles ein bis`chen beweglich sein“ oder „vermitteln-vermitteln“.

Also Meister Müller wußte sich meistens zu helfen. So stellte Er zum Beispiel beim Umbau des Kachelofens bei Senior Körte in Medingen, der oft sehr neugierig war, zum Feierabend wilkürlich Schamottesteine in den Ofen. Bei intressierter Nachfrage dann von Herrn Körte gabs dann die Auskunft: „Ja das werden alles Züge wo dann spähter der Rauch durchzieht sodaß der Ofen prima heizt“.

Den größten Clou gab`s dann wohl aber doch im Hotel „Stadt Hamburg“ von Dreusicke.

Der Küchenherd wollte zur warmen Mittagszeit nicht ziehen und es qualmte fürchterlich.

Meister Müller wußte sofort Rat und schlug vor den Schornstein vom Boden aus mit unserem Staubsauger „auszusaugen“. Nun kommt der Hammer. Wir gingen zusammen auf den Boden, ich mit dem Staubsauger bepackt. Eine Steckdose, die einzige, gabs gleich vorne an der Bodentür. Die Staubsaugerschnur und der Saugschlauch

langten zusammen aber nur bis ca drei Meter vor den Schornstein.
Der Chef verschmitzt, so Günther schalt ein laß laufen und mach
inzwischen eine Zigarettenpause.
Er ging derweil nach unten zur Schornsteinklappe und trieb mit
einem Lockfeuer den Kaltluftpropfen aus dem Schornstein. Danach
zog natürlich der Herd wieder und der Chef kassierte für 1 x
„Schornsteinaussaugen".
Na ja ich konnte Ihm das garnicht verübeln denn „Stadt Hamburg"
war seine Stammkneipe wo Er sicher schon manche größere Zeche
gemacht hatte.
Etwas Pech hatte Meister Müller aber bei einem neuen Kachelofen
bei Bauer Bautsch in Gr. Hesebeck. Er hatte dort, in meiner
Urlaubszeit, einen „Spezialofen" gebaut ; mit schöner
grüngeflockter Kachel und sieben Schichten hoch. Die Spezialität
sollte ein hoher Feuerraum sein der vom Rost bis zur Simmsdecke
ging und von dort mit Sturz- und Steigezug zum Schornstein. Der
Feuerraum war so gut 130 cm hoch, was durchaus nicht üblich war.
Hinzu kam, daß Mutter Bautsch und die Hausmädchen wohl über
Sommer so allerhand Krimmskrams im Ofen ablagerten. Es waren da
die oft üblichen Sachen wie abgebrochene Kämme, Haarreste vom
kämmen, und jede Menge Abfallpapier. Lange Rede, kurzer Sinn der
Ofen wurde zum Herbst das erste mal angefeuert. Es kam durch
Kamm - und Haarreste zu einer starken Qualmbildung und als dann
die Zündflamme in diese Qualmwolke hineinsprang
gab es eine gewaltige Verpuffung. Der Obersims flog in die Stube,
die oberen Kachelschichten trieben auseinander. Meine Arbeit war
es dann diesen Ofen wieder auf zu setzen. Der Feuerraum bekam
wieder die normale, ca. 70 cm , Höhe. Na und was sagte Püttger
Müller , zum Teil mit Recht? „ Mutter Bautsch, wie könnt jü ok
Kämm un Hoor innen Oben doon?"
Ja, ja der Meister.- Eine kleine Unart hatte Er aber doch. So hat Er
sich nicht groß mit „Blähungen" aufgehalten. Sein Spruch war „ wer
keine Miete zahlt muß raus". Das spielte sich dann in etwa so ab: Er
steht zum Beispiel auf der Leiter und ich reiche Ihm Steine und Lehm
an. Mit einem mal hält Er inne, grinst unverschämt , steigt von der
Leiter und geht zum Fenster. Spähtestens dann wurde es auch für

mich Zeit das Weite zu suchen und eine längere Zigarettenpause einzulegen.

Zum Abschluß nun noch eine kleine Geschichte, ausgelöst von Altgeselle Max Wenzel.

Wir beide fuhren mit unseren Fahrrädern nach Feierabend von Römstedt nach Hause. Auf dem Rübenacker von „Pohlkoop" Meier , dicht an der Straße, sind noch Leute am Rüben verziehen. Max ruft zu Ihnen rüber:" na, habt Ihr noch viel zu tun?" Die antworten ganz treuherzig und zeigen auf's Feld :" Ja, ja noch das ganze Stück dort". -Darauf der Altgeselle: „ Na dann seht man zu daß Ihr fertig werdet!" – Darauf mußten wir gewaltig in die Pedalen treten um den Steinwürfen zu entgehen.

So nun möchte ich zum Ende kommen. Von Meister Müller gäbe es noch viel zu berichten, möchte es aber doch in guter Erinnerung für mich alleine behalten.

Mitunter hat die Kundschaft auf Ihn geschimpft und ich höre noch den Spruch: „ Na laß mir der „ Rudi „ mal kommen „! Wenn Er dann aber da war, genügte sein freundliches, spitzbübiges Grinsen und alles war geritzt. Er war halt ein freundlicher und gutmütiger Mann, was leider auch von manch Zeitgenossen ausgenutzt wurde. Mir hat Er als Meister und Mensch viel bedeutet, wofür ich Ihm Heute noch dankbar bin.

Immer mit Mütze und Zigarre: Meister Rudolf Müller, in Bad B e v e n s e n auch liebevoll „Lehm-Rudi" genannt im Jahre 1978. - Enkelin Nina sieht zu -.

Schmiede Ernst L o h m a n n ,Bevensen.
-Meisterbetrieb-

Über die Firma Ernst Lohmann habe ich zwar schon im ersten Bericht etwas geschrieben. Möchte hierzu doch noch einiges berichten. Vorab zwei Bilder von Altmeister Ernst Lohmann und Sohn, Meister Ernst Lohmann, die eindrucksvoll die Stimmung in der Schmiede wieder geben. - Hier zunächst der Altmeister, der schon früh Morgens um 6 Uhr das vertraute Geräusch des Amboß erklingen lies.

Ein ebenso vertrautes Bild zeigt Meister Ernst Lohmann Junior bei der Arbeit, der die Firma voll im Griff hatte.

Beide, Vater und Sohn, ergänzten sich prima bei der Arbeit.
*Es war schon sehr beeindruckent am Tag des Pferdebeschlags zu
zusehen. Die Pferde, meist mehrere, standen im Unterstand des
Durchgangs zum Hof. Es war während der Beschlagzeit nicht ratsam
da durch zu gehen. Es wurde im Akkord gearbeitet. Die ganze
Schmiede stand unter Qualm vom anpassen der glühenden Eisen an
die Hornhufe der Tiere.*
*Senior Lohmann arbeitete die Eisen grob vor, Junior Lohmann
machte die Feinarbeiten und paßte sie am Huf an. Die Gesellen
Horst Schreiber und Willi Zegaschewski haben dann die Eisen
aufgeschlagen. Das ging alles Hand in Hand . Im Laufe des
Vormittags waren meistens die Pferde beschlagen und es kehrte
wieder etwas Ruhe ein.*
*Draußen in der Vorhalle zum Eisenlager wurden die bekannten
„Lohmann - Anhänger „ gefertigt. Zuständig dafür war
 Meister Klauke aus Medingen, der sich später, im Jahr 1956 , in
Stöcken bei Wittingen, selbstständig gemacht hat. Seine Wohnung,
bei seiner Schwester Martha Klauke in Medingen, konnten wir dann
nach der Hochzeit beziehen.*
*Meister Klaukes Nachfolger im Spezial - Anhänger - Bau wurde
Altgeselle Oetzmann aus Altenmedingen. Die starken Bretter für
Boden und Seiten dieser Anhänger lieferte Stellmachermeister
Zahrte.*
*Ein Speziallist und „ Mann für alle Fälle „ bei Firma Lohmann war
auch Altgeselle Wilhelm Schulz aus Jastorf. Es gab kaum etwas was
Er nicht fertig brachte. Er hat auch mir einiges beigebracht bezw.
ich habe mir von Ihm einiges abgeschaut. So konnte ich zum Beispiel
zum Schluß eine komplette neue Backröhre für einen alten
Küchenherd fertigen. Da hat dann selbst Senior Lohmann, der sonst
immer sehr skeptisch war, mir ein Lob aus gesprochen.Ab da bekam
ich auch manch Ratschlag von Ihm den ich gerne annahm. Als mir
zum Beispiel beim bohren an der alten Bohrmaschine, die noch
Keilriemen - Betrieb hatte, der Bohrer abbrach sagte Er zunächst
etwas spöttisch „Na häßt em wedder abbroken „, zeigte mir aber
sofort wie man, durch umlegen des Keilriemens, für kleinere Bohrer
eine größere Drehzahl erreichte.*
*Sehr intressant war auch immer das bereifen von Stellmacher
Zahrtes Wagenrädern. Die Eisenreifen wurden etwas kleiner als der
Umfang der Rades angefertigt. Dann wurden Sie in einer speziellen*

Heizkammer glühend auf geheizt. Nun mußte es sehr schnell gehen. Von drei Mann wurde der glühende Reifen mit großen Haken auf das Rad gezogen. Ein vierter Mann hat dann sofort das heiße Eisen abgekühlt, so daß es sich auf den früheren Umfang zusammen zog. Automatisch wurde natürlich das Rad zusammen gepreßt, so daß es Bombenfest saß.

Eine intressante Schmiedearbeit gab es einmal für den Altgesellen Schulz. Der Brühkessel von der Schlachterei Stehr bekam einen neuen starken Boden. (Im ersten Bericht bin ich auch etwas näher auf Firma Stehr eingegangen.) Der alte Boden wurde raus geflext, der Neue mit einer etwa zehn cm hohen Rundung nach oben, eingeschweißt. Was die Sache für mich so intressant machte, war der Umstand, daß der ca. 2 Quadratmeter große Boden sich ziemlich verworfen hatte. Aber kein Problem für Wilhelm Schulz. Er bohrte einfach bestimmte Stellen an, nahm wohl so die Spannung raus und bekam bald den Boden wieder glatt.

Also, es wurde durchweg bei Schmiede Lohmann Qualitätsarbeit geleistet. Dies wollte ich durch Einzelheiten in diesem Bericht etwas verdeutlichen.

Am 1. Oktober 1952 feierte die Firma Lohmann das 75-jährige Bestehen. Auf dem folgenden Bild stehen hinter den beiden Jubilaren Ihre Gesellen und Lehrlinge. Fünf der Mitarbeiter kann ich erkennen und zwar mit Blumenstrauß Willi Zegaschewski, vierter v. l. Hans Flachbart, fünfter Horst Schreiber, sechster Geselle Oetzmann und achter, oder 2. Von rechts Altgeselle Wilhelm Schulz aus Jastorf:

In das Jahr 1952 fällt auch die Erringung der Königswürde für
Meister Ernst Lohmann bei Bevensener Schützenfest. Auf dem
nachfolgenden Bild kann ich erkennen: den stattlichen Schützenkönig
mit Frau, Die Begleiter Dr. Riggert Junior, Elektromeister Hartwig
Schmidt. Daneben müßten der Stadtdirektor und der Bürgermeister
stehen und ganz rechts erkenne ich noch „ Milch - Schulz „ Junior.

Zur Feier war damals die ganze Schmiede geschmückt und der
Schützenkönig hat für sein „Volk" ordentlich einen ausgegeben.
Kann mich an die zünftige Feier in der Schmiede recht gut erinnern.
Ein weiteres „sportliches" Ereignis darf nicht unerwähnt bleiben.
Zum Benifix - Fußballspiel für das Rosenbad haben die Bevensener
Handwerksmeister in Ihrer zünftigen Kluft gegen den Stadtrat
gespielt. Fünf Akteure der Handwerker - Mannschaft sind auf
dem folgenden Bild zu sehen: von links :

Ernst Bartheidel
Tischler Reck
Ofensetzer Müller
Schmiedt Ernst
Lohmann und
Geoerg Kummer
Mannschaftsstütze.

Georg Kummer „ Schorse Kummer genannt", war nämlich ein guter Fußballer und hat seinerzeit lange in der ersten Fußballmannschaft von „Union" Bevensen als Mittelläufer gespielt.

Zu Schuhmacher Bartheidel fällt mir noch folgende kleine Geschichte ein. Habe bei Ihm, vorne links in der guten Stube, den schönen alten braunen Kachelofen umgesetzt. Mußte am letzten Tag etwas länger arbeiten, denn der Ofen sollte fertig werden. In der Stadt war an diesem Tag noch Bevensener Markt. Zur Stärkung hat mir mein damaliger Freund, Schmiedegeselle Willi Zegaschewski, einen Bückling mit Brötchen gebracht. Den Rest des Fisches, Kopf, Grähten und Schwanz, habe ich dort aus lauter Blödsinn im letzten Zug - Umlenker reingelegt und schön mit Lehm ein gepackt.

Wer dieses Fischgerippe einmal findet, wird sich wundern. Na ja, wenn zwei junge Kerle beisammen sind gibt es schon manchmal Unfug.

Erwähnen möchte hier aber auch noch die Tischlerei Reck, die sich von einer kleinen Tischlerei im Krummen Arm zu einer jetzt imposanten Firma entwickelt hat.

Besonders hervorheben in diesem Bericht wollte ich natürlich aber die Schmiede der Meister Ernst Lohmann Senior und Ernst Lohmann Junior die auch vielen anderen Handwerkern zu gearbeitet haben und ein handwerkliches Urgestein waren uns sind.   G. M.

Schlachterei H e n k e

Zu den Betrieben, die über mehrere Generationen in Bevensen tätig sind gehört die Schlachterei Henke. Das Stammhaus stand in der Pastorenstraße 18.

Das Stammhaus in der

Pastorenstraße 18

In den Dreißiger Jahren wurde dann das Grundstück in der Kirchstraße gekauft und dort 1934 das Ladengeschäft eröffnet.

Das umgebaute

Ladengeschäft der

Firma Henke 1951

Der neue Schlachtbetrieb

am Fliegenberg im Jahre

2000 wird beliefert.

Ab da ging es dann stetig aufwärts. Der Laden wurde 1951 umgebaut und modernisiert so wie auch ich ihn persönlich in Erinnerung habe. Hier regierten Meister Ludolf und seine tüchtige Frau Hertha. Ihr Platz war im Laden an der Stirnseite von wo Sie auch alles im Blick hatte. Altmeister Heinrich Henke nahm zu dieser Zeit auch noch regen Anteil am Geschäftsleben. Mit uns Handwerkern hat Er sich gerne unterhalten und gab auch Ratschläge. Aufgeregt hat Er sich zum Beispiel wenn Schlachter rauchten. „ De könt kene Wurscht vernünftig abschmecke" war seine Meinung. Altmeister Heinrich war ein sehr kräftiger Mann der zum Beispiel im ersten Weltkrieg als Kanonier zur Besatzung der legendären „Dicken Bertha" gehörte die Paris beschossen hatte.

Sohn Ludolf hat schon als 12 - jähriger im Betrieb geholfen und so von Kindesbeinen an die Firma entscheidend mit vergrößert.

Ehepaar Henke gönnte sich nach getaner Arbeit auch mal einen Klönschnack vorne rechts am Stammtisch in Saagels Gastwirtschaft. Oft konnte man auch Ihre Nachbarn, das Ehepaar Bartling, dort antreffen. Sie waren gemeinsam Mitglieder des Sparclubs und es war da auch selbstverständlich daß zum Sparclubessen besonders große Eisbeine der Fa. Henke zu Sauerkraut und Erbsenpüree gereicht wurden.

Firma Henke hatte sehr tüchtige Gesellen. Altgeselle war Kleinhuß der später in Altenmedingen wohnte. Mit dem jungen Gesellen „Hans" war ich befreundet. Er wohnte im Bahnhaus hinterm Berg zwischen Kl. Bünstorf und Walmsdorf, wo sein Vater Schrankenwärter war .

Die Firmen Henke und Stehr standen zwar in gesundem Konkurenzkampf doch Ihre Gesellen haben sich sehr gut vertragen. Ich selbst durfte oft bei Ihnen mitfeiern und dabei ginge es dann schon recht zünftig zu nach dem Motto : „Morgens Arbeit, Abends Gäste - saure Wochen , frohe Feste."

Arbeiten konnten die Burschen, da saß jeder Handgriff, es ging laut her, gegenseitig wurde sich angeschrien und angespornt bis die Hauptarbeit, schlachten und zerlegen, fertig war. So jedenfalls konnte ich es beobachten wenn ich schon Morgens um 6 Uhr zur Reperatur einer Kesselfeuerung antreten mußte.

Übrigens es war nicht so einfach in den Schlachtraum zu kommen.

*Davor war ein Rotweiler an seiner Hütte angekettet der den
Hofbereich bis ca. 75 cm zur Wand hin ablaufen konnte. Es ging also
für Fremde nur an der Wand lang immer verfolgt vom wild
kläffenden Wachhund.*

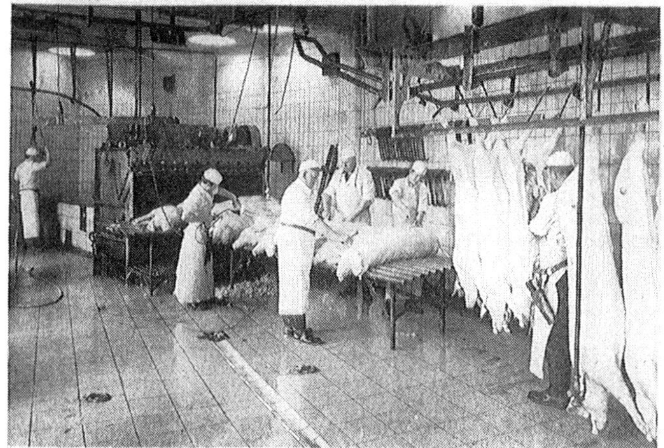

Der Schlachtbetrieb

in der Kirchstraße.

*Ruhig ging es dann beim Frühstück zu. Es gab jede Menge Wurst,
aber weniger Brot denn Meister Henke sagte ."Lüd eßt Wurscht un
schont det Brot denn det muß ih betolen".*
*Nach dem Frühstück ging es dann etwas ruhiger in der Schlachterei
zu. Das Geschlachtete wurde weiter verarbeitet zu schönen Würsten
und anderen Spezialitäten, die dann vorne im Laden fachmännisch
 angeboten wurden. So in etwa verlief ein Tag in der Schlachterei
Henke.*
*Wie Firma Henke sich bis zur heutigen Fleischfabrik entwickelt hat
kann eindrucksvoll in der Chronik: „Die Geschichte der Fleischerei
Henke, von 1871 bis 2000 „ von Herrn Jürgen Schliekau nach
gelesen werden.*
*Mir lag daran, aus meiner ganz persönlichen Erinnerung, eine gute
Handwerksfirma hervor zu heben,*   G. M.

Firma Kalinowsky.

Pommern ist das Ursprungsland der Firma Kalinowsky,
Dieses konnte ich vom Senior erfahren, als wir nebeneinander mit
dem Fahrrad von Römstedt heim nach Bevensen fuhren.
In Römstedt haben wir bei Bauer Schulz, dem Eckhof gegenüber von
Stellmacher Menke und Schmied Karstens, gearbeitet.
Dort hat Meister Kalinowsky Senior die Hofpflasterung erneuert
bezw. ausgebessert. Sein ganzes Handwerksgeschirr paßte damals
noch in einen Rucksack. Viel mehr als einen etwas größeren
Hammer, mit dessen flacher Rückseite Er den Boden auflockerte und
mit der Hauptseite die Steine fest hämmerte, brauchte Senior
Kalinowsky für diese Ausbesserungsarbeit nicht.
Auch wir haben seinerzeit neben der Wasserwaage nur Haumesser,
sowie Hau- und Spitzhammer benötigt. Auch das ging natürlich
bequem in einen Rucksack rein. Oft, wenn ich Lehm vom Hof geholt
habe, bin ich intressiert stehen geblieben um dem Steinsetzmeister zu
zusehen. Geschickt musterte Er die Steine um sie dann flink und gut
passend in die Fläche ein zu arbeiten.
Zu Hause in Pommern, so erzählte Er mir auch auf dem Heimweg,
hatte Er schon eine große Firma, die dort im ganzen Bezirk Straßen -
Arbeiten durchführte. Das war einmal, und doch waren diese kleinen
Pflaster- und Ausbesserungsarbeiten schon wieder der Anfang und
Beginn zum Aufbau der Heute doch sehr großen Straßenbaufirma
Kalinowsky.
Einige Jahre danach konnte man dann schon Baumaschinen und
Bauwagen der Firma in ganz Niedersachsen und nach der
Wiedervereinigung auf den Straßen in Mitteldeutschland arbeiten
sehen. Auch der Sohn hatte also , im Sinne seines Vaters, die Firma
sehr tüchtig aufgebaut. So hat sie sich bis Heute, auch unter der
Regie des Enkels kontinuierlich weiter entwickelt.
Später dann, während meiner Selbständigkeit , habe ich mich immer
gefreut, wenn ich zum Beispiel hinter Nienburg - Weser oder
entgegengesetzt vor Helmstedt die Firma Kalinowsky bei der
Straßenbearbeitung beobachten konnte.
Sehr oft mußte ich da dann an die erste Begegnung mit Senior
Kalinowsky in Römstedt denken, wo Er handwerklich und fachlich

*geschickt, im wahrsten Sinne des Wortes, wieder den Grundstein für
die Heute große Firma legte.
Es war mir ein Bedürfnis, diese große Leistung Ihres Seniors den
heutigen, ebenso tüchtigen, Firmeninhabern in Erinnerung zu
bringen. --- Ehre wem Ehre gebührt ---
Ich bin ein bis`chen stolz, diese Wiederanfänge der Firma
Kalinowsky mit erlebt zu haben.
Vielleicht war dies im Unterbewußtsein auch für mich ein gewisser
Ansporn für meine langjährige Selbstständigkeit.*   G. M.

Heidewege

Familiengründung - „Kindermund „

Nach all den Geschichten über Bevensen und die umgebenden
Dörfer, die Sportvereine und guten Handwerksfirmen möchte ich zum
Abschluß doch noch etwas mehr ins Persönliche gehen und über den
Anfang unserer Familiengründung erzählen.
Anfang April 1956 haben wir geheiratet und eine , zwar kleine, aber
doch gemütliche Wohnung in der Pension von Martha Klaucke in
Medingen bezogen.
Wie es wohl der Zufall so will, haben wir viel später und zwar im
Jahre 1970 ein fast identisches Haus hier in Rosche, Uelzener Str. 13
gekauft. (siehe Bilder auf der letzten Seite dieses Berichtes)
Berichten möchte ich hier aber über unsere ersten beiden Kinder
Harald und Helga die uns , wie es meist bei so kleinen „Rackern"
ist, in den ersten Jahren besonders viel Freude bereitet haben.
Über Harald , geboren am 29. April 1957, gibt es mehrere lustige
Geschichten zu erzählen.
Es fängt damit an daß Schwägerin Adina, bei Ihrem ersten Besuch
aus der damaligen DDR, gleich eine „feuchte" Bekanntschaft mit
Ihrem kleinen Neffen gemacht hat. Sie wollte ja unbedingt dem
Jungen die Windeln wechseln. Ich saß daneben und sehe das Bild
noch vor mir, als Harald wie „Männecken Piss" im hohen Bogen
seiner Tante in den Blusenausschnitt pullerte.
Lustig war`s auch als Er, damals etwa eineinhalb Jahre alt, nach
einem Spaziergang beim ausziehen der Schuhe ein Loch in seinem
Strumpf entdeckte. Er sah seine Mami ganz erstaunt an und sagte
tiefsinnig, „ das Stück muß ich wohl verloren haben „.
Die Zeit vergeht wie im Flug. An Weihnachten 1959, inzwischen war
sein Schwesterchen Helga am 28. 5. 1958 geboren, erinnere ich
mich auch recht gerne.
Zur Bescherung hatte sich die Mami als Weihnachtsmann verkleidet.
Die beiden Kleinen saßen respektvoll neben mir, nur Harald sah da
etwas skeptisch drein. Offiziell war Mami ja kurz zum Einkauf nach
Wichmann`s gegangen. Als Sie nun wieder rein kam plapperte Er
sofort los. " Du Mami, eben war der Weihnachtsmann da, weißt Du
der hatte genau solch Zipfelmütze auf wie meine, nur daß der
Troddel fehlte. Seine Schuhe sahen genau wie Deine aus. Na ja, das

wäre dann wohl beinah schief gelaufen mit Mama als Weihnachtsmann. Da kann man mal sehen, die Kleinen beobachten schon sehr genau.

Wenn unserer Nachbar sich mit seiner „Borgward Isabella" vor uns den Berg hoch quälte gab sein Wagen solch Geräusche ab daß Harald immer rief „horch der „ Wuh - Wuh „ fährt da.

Zu dieser Zeit fuhren auch öfter Lautsprecherwagen mit Aufrufen zu Wahlkundgebungen durch den Ort. Das klang dann, zum Beispiel bei der SPD so: „ Achtung, Achtung, Heute Abend 20 Uhr spricht Erich Ollenhauer .... „ Als meine Frau, während eines Krankenhausaufenthalts von mir, mit den beiden Kleinen per Bahn zu meiner Mutter fuhr, gab es den folgenden kleinen lustigen Zwischenfall am Bevensener Bahnhof. Dort wurde wie üblich per Lautsprecher der nächste Zug mit „ Achtung, Achtung vorsicht an der Bahnsteigkante ...." angekündigt. Harald reagierte sofort und rief aufgeregt „ Horch Mama, es spricht Erich Ollenhauer". Schallendes Gelächter bei allen Fahrgästen, was Ihn nun wieder stutzen ließ.

Die kleine Helga war zu dieser Zeit noch nicht so pfiffig, aber sehr resolut und energisch. Wenn Sie rief „Harald pom", das K konnte Sie zu dieser Zeit noch nicht so gut aussprechen, mußte der auch kommen sonst holte Sie Ihn. Dabei machte es Ihr großen Spaß mit den Zähnen zu knirschen was Harald überhaupt nicht mochte. Mitunter veranlaßte es Ihn sogar unter den Tisch zu flüchten, denn Helga konnte auch beißen.. Sehr gerne schob Sie mit dem Dreirad auf dem Bürgersteig herum, konnte aber noch nicht richtig treten. Wenn dann Passanten fragten „na kannst Du schon alleine fahren" sagte Sie sofort „ja, ja „ , rief aber laut nach Harald „du Harald pom mich mal schieben".

Besonders gerne und oft fuhren wir zu den Schwiegereltern nach Edendorf. Damals gab es den Elbe - Seitenkanal noch nicht und es führte ein schöner Heideweg von Secklendorf quer durch den Wald nach „Kühls - Hof „ in Edendorf.

Klein Helga fuhr vorne auf dem Kindersitz des Fahrrads bei Ihrer Mama mit und der Sohn fuhr natürlich mit dem Vater.

Zwischendurch gab es öfter Wettfahrten denn Harald wollte absolut immer vorne sein. Bei den Radfahrten mußte aber grundsätzlich

immer so eine halbe Stunde extra eingeplant werden. Unsere Mami
konnte an keiner Feldblume vorbei fahren. Zunächst habe ich zwar
oft gemurrt und gequängelt, mich aber dann doch meistens über den
schönen Blumenstrauß gefreut. Na und ohne Blumenstrauß ist meine
Mami sowieso nicht zu Ihrer Mutter gefahren.
Ja, ja es war schon eine sehr schöne Zeit.
Leider wurde ich dann allmählich immer kranker. Meiner Meinung
nach waren dies auch Nachwirkungen aus der russischen
Gefangenschaft die sich so nach und nach bemerkbar machten.
Aber darüber möchte ich in diesem Zusammenhang nicht schreiben.
Drum hier zum Abschluß nur noch ein paar Bilder aus dieser
Anfangszeit unserer Ehe.

*Darunter:Harald und Helga
zusammen mit Anegret und
Ernst Friedrich Kühl.*

*Unsere Beiden auf dem
Bauernhof von Kühl bei
Oma und Opa Au.*

Der stolze Papa

*Harald „pom" schieb
mich mal .*

Rast im Birkenwald

*Unser Haus in
Rosche. (2004)
Bis auf die
Veranda identisch
mit Pension Klauke
der 1. Wohnung.*

Krankheitserscheinungen - Kuraufenthaltsgeschichten - Folgen.

Der Ofensetzer - Beruf ist ziemlich schwer und belastend. Auch ich blieb von diesen Nachwirkungen nicht verschont. Bei mir waren dies aber, und das wurde erst 1961 in Stuttgart erkannt, die Anfänge von „ Morbus Bechterew „ einer schleichenden Versteifung des Rückgrats.

Im Jahre 1957 aber wurde ich noch auf Muskelverhärtung behandelt und sogar vom 23. 11. 1957 bis 3. 1. 1958 mit diesem Befund zur Kur in die Weserbergland - Klinik Höxter geschickt.

Eine sehr gute, auf einem Berg über der Stadt gelegene, Kur - Klinik. (Siehe Bild am Ende des Berichts) .

Behandelt wurden wir da in erster Linie nach dem „ Kneipp - System „ zum Beispiel Wassertreten, Wechselduschen, Wechselduschen usw. , dazu dann Massagen und Sauna . (Siehe Bild „ Triumph der Massen „). Auf der gleichen Station wie wir waren auch schwerbehinderte Kinder untergebracht, die mir besonders Leid taten. Bei deren Anblick konnte man schon die eigenen Schmerzen vergessen. So habe ich mich dort auch oft als Betreuer angeboten.

In unserem Dreibett Zimmer waren noch ein älterer Herr Banse aus Braunschweig und ein Schlesier unter gebracht. Herr Banse war halbseitig gelähmt. Habe Ihn oft in seinem Rollstuhl durch die Gegend gefahren wobei wir uns immer sehr gut unterhalten haben. Was der etwa 50 jährige gebürtige Schlesier hatte weiß ich Heute nicht mehr so genau. Weiß nur, daß Er ein sehr starker Raucher war, der es sich nicht verkneifen konnte schon in aller Frühe, versteckt unter seiner Bettdecke, zu rauchen. Morgens dann bei der Wechseldusche ist Er ein paar mal umgekippt. Er stöhnte dann immer „ O Lerge - O Lerge ich kann das einfach nicht ab.

Den Ausruf „ O Lerge - O Lerge „ hörte man in dieser Kurklinik öfter denn die meisten der Schwestern und Betreuer waren Schlesier die zusammen aus einer dortigen großen Klinik hier her geflüchtet waren.

Neben unserem Zimmer gab es ein Einzelzimmer wo ein beidbeinig amputierter Berliner unter gebracht war. Diesem Berliner nun habe ich oft Gesellschaft geleistet. Er war ein sehr lustiger Typ, der trotz kurz zuvor überstandenen Schlaganfall nicht unter zu kriegen war.

Seinen Namen weiß ich nicht mehr, erinnere aber daß Er sehr viel mit dem „ Berliner Sechstage - Rennen „ zu tun hatte und dort wohl so eine Art Manager war. Habe mit Ihm immer Ballspiele gemacht denn Er konnte seine Arme nicht so gut bewegen.

Na, kleine Laster hatte Er auch. So hatte der Arzt im schon erlaubt zwei bis drei Koniaks pro Tag zu trinken was seinen Kreislauf anregen sollte. Die Flasche mußte aber schon weit genug weg gestellt werden sonst bediente Er sich öfter. Na und rauchen konnte Er auch nicht lassen was ja nun für Ihn absolut schädlich war. Habe Ihn oft dabei ertappt.

Etwas Ärger bekam ich selbst durch seine Raucherei. Als die Ärzte bei der Visite Ihn beim rauchen ertappten, sagte Er einfach „ da hat doch der Müller hier seine Kippe liegen gelassen".

Natürlich wurde ich gleich danach ermahnt ja nicht im Zimmer des Berliners zu rauchen. Was blieb mir übrig als Reue zu zeigen und Besserung zu versprechen.

Ja das war der kleine Berliner, der aber bald wieder nach seinem Berlin entlassen wurde. Er hatte einfach zu viel Heimweh und wollte hier in Höxter einfach nicht gesund werden.

Weihnachten 1957 habe ich alleine hier in Höxter, ohne meine kleine Familie , verbringen müssen. Weiß noch, daß ich Herrn Banse in seinem Rollstuhl zur Weihnachtsandacht geschoben habe. Weiß auch noch, daß ich die Festtagsrede des Pfarrers nicht so gut fand, denn Er hat mächtig auf die Tränendrüsen gedrückt so daß die meisten schwerkranken Menschen ziemlich geweint haben. Auch Herrn Banse mußte ich lange danach noch beruhigen.

Die Zeit in Höxter ging zu Ende, die Kur bekam mir gut. Am 3. 1. 1958 konnte ich dann wieder zu meinem Lieben nach Hause.

Bei meiner Firma gab es dann eine unangenehme Überraschung. Offiziell wegen Arbeitsmangel wurde ich „vorübergehend" entlassen. War darüber so verärgert daß ich mich, nach kurzer Arbeitslosenzeit, bei der Konkurrenz in Bevensen, Meister Max Spindler, beworben habe. Wurde auch sofort eingestellt, mit dem Ziel diese Firma später einmal zu pachten.

Leider wurde ich dann aber im Frühjahr 1959 wieder krank und wegen Herzmuskelentzündung vom 5. 5.bis 26.7.59 stationär im Hamburgischen Krankenhaus behandelt. Habe danach die Arbeit nicht wieder aufnehmen können und wurde von der LVA nach Bad Rothenfelde für die Zeit vom 18. 2. Bis 14. 4. 1960 zur Nachkur geschickt. Es gab dort wieder Massagen, Wechselduschen und Sauna. Der „Morbus Bechterew" wurde auch dort noch nicht erkannt, zumal ich zu dieser Zeit wohl noch einigermaßen beweglich war. Bad Rothenfelde war und ist ein sehr intressanter Kurort. Dort gibt es ein sehr großes Gradierwerk wovor man gerne spazieren ging. (Bild)Na und die schöne Waldgegend des Teutoburger Wald`s , wonach das Sanatorium ja auch benannt war,lud auch zu Spaziergängen ein die sehr erholsam waren.

Rast nach einem Spaziergang. Bearbeite einen Spazierstock den ich Heute noch habe. Eingeritztes Datum im Stock **30. 3. 1960**

Erinnern kann ich mich auch daran, daß wir eines Sonntags mit dem Bus nach Osnabrück zum Fußballspiel gegen St. Pauli rein gefahren sind. Es war ein sehr intressantes Spiel das die Osnabrücker knapp gewonnen haben. Für mich , als einer „ vom Dörpen „ war es damals schon intressant so ca. 3000 Zuschauer auf einem Haufen zu sehen.
Bei meiner Enduntersuchung zur Entlassung wurde dann fest geschrieben, daß ich nur noch für leichtere Arbeiten eingesetzt werden darf. Das hieß Umschulung. Zum Arbeitsamt Uelzen mußte ich zu einem Eignungstest. Dort wurde festgestellt, daß ich wohl normal begabt bin und mich für alles eignen würde.   Gesucht wurden damals Büromechaniker wozu ich aber nicht so recht Lust hatte.

Habe dann der Landesversicherungsanstalt Hannover gegenüber den Wunsch geäußert, mir an Stelle einer Umschulung die Ofensetzer Meisterschule in Stuttgart zu bezahlen.
Dies war für beide Seiten die beste Lösung denn die ganze Sache dauerte nur ½ Jahr und ich bekam danach auch eine Meisterstelle in Geislingen / Steige. In der Folge zwei Bilder von der Meisterschule.

Der Schüler hinten in der Meisterklasse. War dort der Älteste.

Die frisch gebackenen Ofensetzer Meister bei der Nachfeier, (schaue vorne links in die Kamera).

Erwähnen möchte ich hier noch, daß während der Meisterschule bei einem Stuttgarter Orthopäden , den ich wegen Kreuzschmerzen aufsuchen mußte, auf Anhieb festgestellt wurde, daß ich „ Morbus Bechterew „ hatte. Werde nie vergessen, als Er beim ersten gegenüber treten zu mir sagte: „Na da kommt ja ein „Morbus Bechterew !“ Als ich ganz erstaunt fragte, was das wohl sei, sagte Er weiter „ na hat man Ihnen das nie gesagt ?, das ist doch klar bei dem typischen „Wolfsblick“. “ Gemeint hatte Er meinen steifen Hals und die eingeschränkte Beweglichkeit desselben.

Leider zu späht, wurde ich dann in Zukunft auf diese Krankheit behandelt.

Heute bin ich „ ein krummer Hund „, doch ich sage immer lieber äußerlich krumm als innerlich, denn das ist gefährlicher und davon gibt es auf dieser Welt auch Einige.

Wie ich schon erwähnt habe bekam ich im Schwabenländle eine Meisterstelle. Am 22 Oktober 1961 sind wir dann nach Kuchen/Fils gezogen. Haben dort ganz gerne gewohnt und sind erst im September 1965 wieder in die Niedersächsische zweite Heimat, nach Lehmke gezogen. Habe mich dann dort am 1. Oktober 1965 Selbstständig gemacht.

Über die Zeit im Schwabenland und der Selbstständigkeit , aber auch über weitere Ereignisse in der Familie möchte ich in einem dritten Buch berichten.

Vielleicht kann ich dann alle drei Bücher in einem Einzigen zusammen fassen? Der Titel könnte sein: -- Lebensgeschichte in Freud und Leid „ --- .

Gewidmet wird dieses Buch dann unseren Kindern und Enkeln .

G. M.

Weserbergland - Klinik , Höxter - Weser.

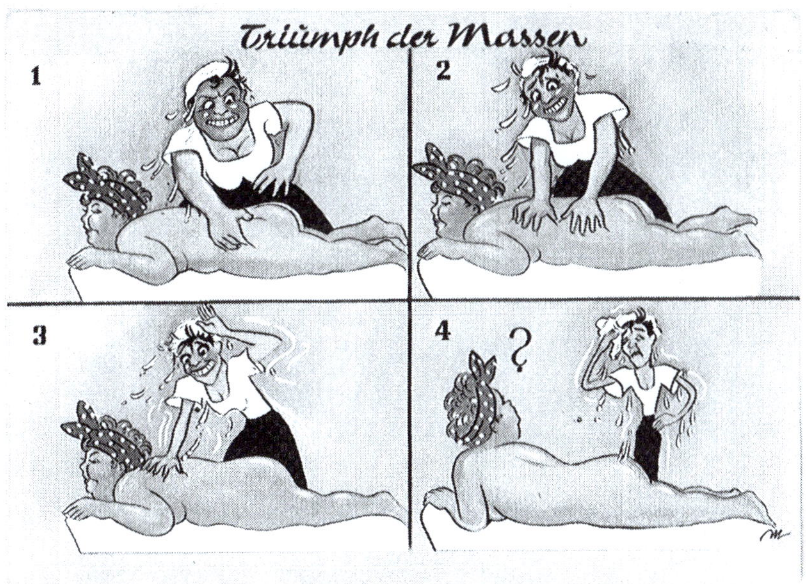

„ Triumph der Massen „

Sanatorium Teuteburger Wald, Bad Rothenfelde T. W.

Bad Rothenfelde , Gradierwerk

Ausklang
(Handwerksbetriebe in den 50-ziger Jahren --- und Heute ---)

Bei meinem Rundgang im ersten Bericht „Als Bevensen noch Luftkurort war", habe ich schon die Betriebe entsprechend ihrer Wohnlage in den Straßen erwähnt. Am Schluß auch auf besondere Leistungen, zum Beispiel der Firmen Kalinowsky und Kobernus , hin gewiesen. Unterstützung für diesen letzten Bericht fand ich bei den Firmen Ernst Lohmann, Ludolf Henke, Hans Stehr, Kalinowsky und den Vorständen der Sportvereine von Bevensen, Römstedt, Gr.Hesebeck und Eddelsdorf. Ihnen allen habe ich dann auch einen speziellen Bericht gewidmet.

Da es zur damaligen Zeit natürlich noch weitere gute Firmen gab, sollen diese auch kurz angesprochen werden. -- Aber wo fange ich da an ?? Möchte vorab Firmen nennen, die sich aus heutiger Sicht bedeutend vergrößert haben.

Fange da einmal mit den Malerbetrieben an. Zunächst Malermeister Bünde aus der Lieb - Frauen - Straße. Der Altmeister war damals noch stramm mit dem Fahrrad unterwegs. Hatte einen guten Gesellenstamm und gut zu tun. Der Junior war noch in Gefangenschaft und hat danach natürlich das Geschäft übernommen und sehr stark ausgebaut. Er hat sich dann später auch in die Kommunalpolitik eingeschaltet und war lange Jahre Bürgermeister von Bevensen.

Ähnlich war es auch mit Firma Behn aus dem Rosengarten mit ebenso imponierenden Werdegang. Beide Firmen betreiben Heute große Verkaufsläden für In - und Ausbau und sind Lieferanten für kleinere Handwerksbetriebe. Bei den Malern wären da auch noch die Firmen Hans Ziegler und Adolf Peek zu nennen.

Interessant auch der Werdegang der Tischlerei Reck im Krummen Arm. Früher ein kleiner mittlerer Handwerksbetrieb, heute eine große Möbelfirma mit guten Reklameideen. Sicher wären noch andere Handwerksbetriebe zu nennen, habe mich hier aber eben nur auf Jene beschränkt, die im Vergleich von den 50-ziger Jahren zu Heute einen großen Aufschwung genommen haben. Hierzu gehört auch das Heute große Fuhrunternehmen Kobernus . Wie haben doch die beiden Kobernus - Brüder bescheiden angefangen. Das erste

Fahrtzeug war ein kleiner alter Lkw, mit dem Sie oft schon recht früh
die Ware aus Hamburg für uns anlieferten. Zwischen den
Kleinspediteuren und Ihrem Kundenstamm bestand ein
vertrauensvolles Verhältnis. Dies war sicher auch die Grundlage für
den Aufbau bis zum heutigen großen Fuhrunternehmen mit seinem
großen Fuhrpark.
Nennen möchte ich auch die Firma Mölders. Am Anfang das kleine
Lager an der Sasendorfer Straße, und Heute? Ein sehr großer und
beliebter Baumarkt am Fliegenberg. Zum Schluß nun nenne ich auch
die Bekleidungsgeschäfte Bartling und Kröger. Das Geschäftshaus
Kröger lag in der Lüneburger Straße vor Hotel „Deutsches Haus".
Zum Laden ging es etwa vier Treppenstufen nach unten. Bald gab es
hier einen Umbau mit Vergrößerung und Modernisierung.
Firma Bartling war in der Kirchstraße angesiedelt und hat seine
schon damals schöne Ladenfront auch bald modernisiert. Es gab
wohl schon einen gesunden Wettstreit zum Wohle der Kundschaft.
Wie ich Eingangs schon sagte, es wären noch viele tüchtige Betriebe
zu nennen. Jeder aus meiner Generation kann dies aber sicher
entsprechend seinen Erinnerungen selbst nachvollziehen.

Abschließend möchte ich sagen, daß mir das Aufschreiben all dieser
Geschichte sehr viel Spaß gemacht hat. Habe jetzt so richtig Lust
weiter zu schreiben und auch schon mein drittes Buch mit dem Titel
„Es geht Aufwärts" in Arbeit. Es wird die Zeit von 1961 bis 1970
dem Hauskauf in Rosche beschreiben. Ein viertes Buch möchte ich
dann natürlich auch noch schreiben. Habe dann so ziemlich mein
ganzes Leben erzählt und will hoffen - nein ich weiß - daß dann
unsere Kinder und Enkel die Geschichten gerne lesen werden.

Kann nun meinen werten Leserinnen und Lesern der älteren
Generation nur empfehlen, mir hier nach zu eifern.
--- Glauben Sie mir, es bringt Genugtuung, Spaß und Freude. ---

G. Müller, 29571 R o s c h e

> E n d e <

Nachwort

*Zum Schluß hier nun noch drei
Geschichten aus fremder Feder.*

*Aus dem Leben gegriffen:
„ Mensch Du wirst alt !"*

*Lustig und etwas „ treu . doof „ :
Der Brief eines Versicherungsnehmers.*

Ebenfalls lustig und sinnig: - Limerick`s -

*Würde mich sehr freuen, wenn die Beiträge dieses Buches
etwas Anklang gefunden haben.
Es könnte mir dann vielleicht Mut machen
meine Lebensgeschichte weiter zu schreiben.*

G. M.

Mensch , Du wirst alt!

Triffst Du mal `ne bekannte Dame
- oh weh - wie war doch gleich der Name?
Tausend Erinnerungen kommen ---
bist auf den Namen nicht gekommen.
Du hast sie einzeln aufgezählt;
der Name nur, d e r Name fehlt.
Da ruft es aus dem Hinterhalt:
„Mensch , Du wirst alt !“

Vom zweiten Stock steigst Du hinunter,
trittst auf die Straße, frisch und munter.
Doch plötzlich fragst Du Dich verdrossen,
hab ich auch wirklich zu geschlossen?
Du könntest schwören viele Eide,
steigst dennoch rauf, Dir selbst zum Leide.
Da ruft es aus dem Hinterhalt:
„ Mensch , Du wirst alt ! „

Brauchst Du mal etwas aus dem Schrank,
der gut gefüllt ist - Gott sei Dank -
Kaum hast geöffnet Du die Tür,
da fragst Du Dich: „ Was wollt ich hier ? „
Verstört bist Du, daß in Sekunden,
das was Du vor hast, ist entschwunden
Da ruft es aus dem Hinterhalt:
„ Mensch , Du wirst alt !

Benutzt Du mal ein Bügeleisen,
anschließend gehst Du gleich auf Reisen,
drei Wochen bangst Du - ungelogen -
„ Hab ich den Stecker raus gezogen ? „
Sitzt etwa der noch in der Wand ?
Bin ich am Ende abgebrannt ? „
Da ruft es aus dem Hinterhalt:
„Mensch , Du wirst alt ! „

Und kommst Du mal wo anders hin,
bewegst Du gleich in Deinem Sinn,
Dein Sparbuch bestens zu verstecken,
damit kein Dieb es kann entdecken.
Brauchst Du dann Geld , hast Du indessen,
den heimlichen Platz total vergessen.
„ Oh weh „ stöhnst Du ganz starr vor Schreck:
„ Was soll ich tun ? Mein Geld ist weg ! „
Da ruft es aus dem Hinterhalt:
„ Mensch , Du wirst alt ! „

Zum Frühstück nimmst Du drei Tabletten,
die sollen Dein Gedächtnis retten.
Du fragst Dich plötzlich ganz beklommen:
„ Hab ich sie eigentlich schon genommen ? „
Ja . ist mein Denken denn noch dicht ?
Und zweimal nehmen darf ich nicht!
Da ruft es aus dem Hinterhalt:
„ Mensch, Du wirst alt ! „

Maschinen kann man reparieren
und das Getriebe ölig schmieren.
Wenn mal der Fernseher kaputt,
ein kleiner Chip, schon ist es gut.
Doch wenn der Kalk im Hirn sich dichtet,
gibt`s nichts mehr, was das Dunkel lichtet.
Da fällt `ne düst`re Stimme ein:
„ M e n s c h f i n d D i c h d r e i n ! „

Verfasser unbekannt, aufgeschrieben von G. Müller

Ein authentischer Brief eines Versicherungsnehmers.

Sehr verehrte Versicherung!
Nachdem ich nun im Krankenhaus bin und wieder schreiben kann, muß ich Sie,
verehrte Versicherung, bitten, meinen Unfallschaden wie folgt aufzunehmen:....
Ich hatte vom Bau meines kleinen Häus`chens noch Backsteine übrig und diese
wegen der Trockenheit auf dem Speicher gelagert. Jetzt wollte ich aber ein
Hühnerhaus bauen und dazu die oben gelagerten Steine verwenden.
Dazu erdachte ich mir folgende Maschinerie:...
Der Speicher hatte oben an der Giebelwand eine Tür woraus ich einen Balken
verankerte und daran ein Bälkchen mit einer Rolle, wodurch ich ein Seil laufen
ließ. An dem Seil hatte ich eine Holzkiste befestigt, die ich dann hinauf zog.
Das Seil hatte ich dann unten an einem Pflock festgebunden.
Jetzt bin ich hinauf gegangen und habe die Steine in die Kiste geladen. Dann bin
ich hinunter gegangen und wollte die Steine in der Kiste an dem Seil langsam
herunter lassen. Ich band das Seil los, hatte dabei aber nicht daran gedacht, das
die Steine schwerer waren als meine Person. Als ich bemerke, daß die Steine so
schwer waren, hielt ich das Seil ganz fest, damit die Steine nicht herunter
stürzten und kaputt gingen, denn ich brauchte sie ja für das Hühnerhaus.
So ist es dann geschehen, daß mich die Steine an dem Seil nach oben zogen,
wobei mir die Kiste die linke Schulter aufgerissen hat, als wir uns in der Mitte
begegneten. Ansonsten bin ich gut an der Kiste vorbei gekommen. Habe aber
oben mit meinem Kopf angestoßen, und zwar erst an dem Bälkchen und ann an
dem Balken.... Trotzdem hatte ich aber das Seil festgehalten, damit ich nicht
hinunter falle. In dem selben Augenblick ist aber die Kiste mit den Steinen unten
auf dem Boden angelangt, durch den heftigen Aufprall ist der Boden heraus
gebrochen, und so konnte es geschehen, daß die Kiste wieder leichter wurde als
ich. Die Folge davon war, daß ich als der schwerere Teil wieder nach unten
sauste, und die Umrahmung der Kiste wieder nach oben, wobei wir uns in der
Mitte wieder begegneten. Dabei schrammte mir der Kistenrest die rechte
Schulter. Als die Kiste oben war, fiel ich unten so unglücklich auf den Boden,
daß ich mir das rechte Bein gebrochen habe und sofort in Ohnmacht fiel.
Nur so konnte es geschehen, daß ich das Seil losließ, was wiederum bewirkte,
daß die Kiste, allerdings ohne Boden, wie eine Birne von oben auf mich herab
fiel, und mich so unglücklich traf, daß ich demnächst oben und unten ein Gebiß
angepasst bekomme. ... Daß der Schaden nicht noch größer geworden ist,
verdanke ich Ihrem Versicherungsagenten, bei dem ich eine Unfallversicherung
unterschreiben mußte und zu der ich nach Wiederherstellung meiner Gesundheit
und meiner Zähne die Rechnung einreichen werde. Wenn Sie diese dann
beglichen haben, werde ich Sie im Dorf weiter empfehlen.
Hochachtungsvoll ..... gez.. Hermann Kaminsky .
Verfasser unbekannt, aufgeschrieben von G. Müller

L i m e r i c k ` s - und andere Überlegungen.

1.) *Der Elefant, ein kluges Tier, hat einen langen Rüssel;*
   er geht im Käfig hin und her — der Wärter hat die Schlüssel!-

2.) *Es starb E. T. H. Hofmann und sein Sohn,*
   es starb der alte Blücher, es starb sogar Napoleon;
   — kurzum, man ist sich seines Lebens nicht mehr sicher! -

3.) *Wenn auf der Wiese Blumen blühn,*
   dann weiß man daß jetzt Frühling ist;
   die Pärchen durch die Auen ziehn,
   —— die Bauern fahren Mist ——

4.) *Es ist so schön im Frühling wohl zu riechen,*
   obwohl ich sonst kein großer Lustmolch bin;
   meinem Chef wollt ich in den Hintern kriechen,
   — doch saßen dort schon andere, Prominentere drin! —

5.) *Die Mutter zu der Tochter sagt, paß auf und laß Dich nicht verführen,*
   es sei denn wenn Er höflich fragt, dann brauchst Dich nicht zu zieren.

6.) *Die Pärchen tun gern schmusen, im Kornfeld wogt der Wind;*
   beim Mädel wogt der Busen, — wer nicht „wogt" der nicht gewinnt! —

7.) *Ja bleibe lustig und vergnügt, stets fröhlich, immer munter;*
   das ist es was die Welt so liebt, — doch meistens buttert man Dich unter! —

Aus der Antike :

8.) *Sieh da, sieh da Thymotheus, die Kraniche des Ühpykus !*
   Der aber gibt sein Alter an und sagt das Er nichts sehen kann.
   Auf dieser Welt ist`s doch gerecht, — auch alte Griechen sehen schlecht! —

9.) *Dionys äußerte die Bitte, im Bunde währ Er gern der Dritte.*
   Ein frommer Wunsche eines solchen, zumal Ihn Damon wollt erdolchen.
   Was soll man dazu denn nun sagen? Konnte Er nicht früher fragen?
   Jagt Ihn zuvor durch Wasser und Wald, sein Schicksal ließ Ihn eher kalt.
   — und die Moral von der Geschicht? falsche Freunde brauchst Du nicht!
   man sich selbst ins Stammbuch schreibt, - wichtig ist wenn Einer bleibt. -
   Damon dacht bestimmt auch dran, - was soll Er mit`nem Hausthyrann?-

---

Anmerkung: Verse 1 bis 4 aus fremder Feder.— G. M.